Werner Gerl (Hg.)

WEHE, WENN DER KRAMPUS KOMMT

Zwölf bayerische Weihnachtskrimis

Mit Illustrationen von Lena Ertl

Allitera Verlag
Krimi

Weitere Informationen über den Verlag und sein Programm
unter: www.allitera.de

Originalausgabe
Oktober 2015
Allitera Verlag
Ein Verlag der Buch&media GmbH, München
© 2015 Buch&media GmbH
© 2015 der Einzelbeiträge bei den AutorInnen
Umschlaggestaltung: Johanna Conrad
Illustrationen: Lena Ertl
ISBN PRINT 978-3-86906-748-3
ISBN EPUB 978-3-86906-804-6
ISBN PDF 978-3-86906-805-3
Printed in Europe

INHALT

WEIHNACHTSGELD

Martin Arz

E r stand am Gärtnerplatz und sah sie an.
»Hübsch«, dachte er. »Wirklich hübsch.«

Genau da sah sie kurz von ihrem Buch auf und ihre Blicke trafen sich. Paul sah verlegen weg, registrierte aber noch, dass sich ihr rechter Mundwinkel zu einem vorsichtigen Lächeln kringelte. Paul lächelte. Ein kurzer Flirt. Warum nicht?

Warum nicht? Weil das nicht der richtige Augenblick war. Paul ging langsam weiter. Die beginnende Dämmerung färbte den Himmel zartorange. Wie so oft kurz vor Weihnachten erlebte München einen Wärmeeinbruch mit Sonne und frühlingshaften Temperaturen. Vor allem in direkter Sonne war es herrlich warm. Immer wieder flirrte sein Blick zu dem Mädchen, das auf einer Bank am Platz die letzten Sonnenstrahlen genoss und ein Buch las. Paul umrundete langsam den Platz. Als er vor dem Gärtnerplatztheater stand, drehte er sich um und sah die junge Frau an. Sie las. Sein Blick wanderte langsam höher. Das Haus mit dem Tengelmann im Erdgeschoss, erster Stock, zweiter Stock, dritter Stock. Dort hatte Tante Margit ihre Wohnung. Tante Margit, die sich immer aufregte, weil am Gärtnerplatz ständig die Hölle los war. Nicht nur im Sommer, wenn nachts das Leben auf dem Rondell tobte. Auch im Winter, ja, jetzt im Dezember, schimpfte Tante Margit über den Lärm, der sie kein Auge zutun ließ. Behauptete sie. Denn in Wahrheit hörte Tante Margit schlecht. Richtig schlecht.

Paul musste grinsen. Jedes Mal, wenn er sich zum Kaffee ankündigte, musste er ins Telefon brüllen, damit sie ihn überhaupt verstand. Und wenn Tante Margit den Fernseher einschaltete, wackelten die Wände, weil der Lautstärkeregler schnell am Anschlag war. Tante Margit, 92 Jahre alt, beinahe taub …

Paul schüttelte den Kopf und ging weiter. Er umrundete langsam den Gärtnerplatz. Vor dem Penny stritten zwei Kopftuchfrauen um den letzten freien Einkaufswagen. Auf den Bänken an der Straße saßen frierende Obdachlose. Zwei dick eingemummelte Jungs bummelten händchenhaltend vorbei und strahlten sich dann selig an. Frisch verliebt.

Paul überlegte, wie lange es wohl her war, dass er frisch verliebt gewesen war. Ewig. Er ging weiter. Der Feinkostladen, daneben die Geldautomaten der Sparkasse, das Reisebüro, dann das völlig überfüllte Café mit italienischem Namen, dann der Schuhladen. Schon stand Paul wieder vor dem Tengelmann. Er sah wieder hinauf zum dritten Stock. Sollte er noch einmal hinaufgehen? Den Schlüssel hatte er ja. Aber wozu raufgehen? Es gab nichts mehr zu regeln mit Tante Margit.

Paul ging weiter, vorbei am nächsten Café, dem Brillenladen, den neuen, schicken Boutiquen, der Kaffeehauskette. Dann die Apotheke und der Optiker. An der Ecke Reichenbachstraße blieb Paul stehen. Zur lesenden Frau gehen und versuchen, mit ihr irgendwie ins Gespräch zu kommen? Oder weiter zum Kiosk an der Reichenbachbrücke, sich ein Bier holen und an der Isar die Sonne beim Untergang beobachten? Das hatte er ursprünglich vorgehabt, nachdem er von Tante Margit weggegangen war. Mit einem Bier auf die Natur starren und alles vergessen. So hatte er sich das vorgestellt.

Nun könnte er auch zu der hübschen jungen Frau gehen und sie auf einen Drink einladen. Ein Glühwein beim Pink Christmas Weihnachtsmarkt am Sendlinger Tor. Oder sie zum Essen einladen. Geld hatte er nun. Er könnte sie richtig schick einladen. Mit Schampus und so. Geld macht Männer sexy, egal wie fett und alt und hässlich man war. Paul war zwar gerade einmal 25, aber wie das mit den schönen Frauen funktionierte, das hatte er schon längst verinnerlicht. 23 000 Euro trug er mit sich. Weihnachtsgeld von Tante Margit. Er hatte es nicht nachgezählt. Er vertraute voll darauf, dass sie die Wahrheit gesagt hatte. Sie war reich, das wusste man in der Familie. Die berühmte reiche Erbtante, auf deren Vermögen jeder insgeheim spekulierte, obwohl sie keiner leiden konnte. Auch Paul hatte all die Jahre letztlich nur deshalb mit ihr Kontakt gehalten. Was seine Mutter, die auch öfter bei Tante Margit vorbeischaute und bei den Einkäufen half, immer über die alte Frau ablästerte!

Es kam ihm aber falsch vor, ausgerechnet jetzt zu flirten und auf dicke Hose zu machen. Ausgerechnet mit Tante Margits Geld. Paul sah ein letztes Mal Richtung lesendes Mädchen. Im zunehmenden Halbdunkel konnte er es kaum noch erkennen. Noch immer saß sie da, obwohl die Sonne bereits war weg. Paul sah auf seine Hände. Er hatte sie sich gründlich gewaschen, bevor er von Tante Margit gegangen war. Nicht, dass das etwas bedeuten würde …

Paul fasste einen Entschluss. Er würde zum Kiosk gehen und sein Bier holen. Dann würde er zurückkommen und schauen, ob das Mädchen noch da war. Alles Weitere könnte er dann sehen. Paul steckte die Hände tief in die Hosentaschen, als er weiterbummelte. In der linken Tasche fühlte er das dicke Geldbündel. Er trat in einen Hundehaufen und fluchte. Wieder eine der blöden alten Weiber, die ihre

Köter auf den Gehsteig kacken ließen und die Scheiße nicht aufsammelten. So wie Tante Margit. Damals, als sie noch einen Hund hatte. Putzi, das fette Vieh, das Paul auch gelegentlich Gassi führte, wenn es Tante Margit mit der Hüfte hatte. Eigentlich hatte sie es ja dauernd mit der Hüfte. Paul registrierte, dass er genau die Strecke ging, die er öfter Putzi hinter sich hergezerrt hatte. Aber Paul hatte immer eine kleine Plastiktüte dabei gehabt, um die Putzi-Kacke aufzusammeln. Er war sich dabei saublöd vorgekommen. Ein erwachsener Mann, der einen asthmatisch röchelnden Schoßhund an der Leine hatte und darauf wartete, dass der sich erleichterte. Ging es noch entwürdigender?

Paul kam am Drogeriemarkt vorbei. Dort hatte er vorhin die Pralinen gekauft, die er Tante Margit mitgebracht hatte. Er hatte kurz überlegt, ob er gegenüber bei der Chocolaterie etwas richtig Weihnachtlich-Exklusives kaufen sollte, hatte es aber dann gelassen. Pleite wie er war. Tante Margit hatte seine mit einer Schleife versehenen Mon Chéris, immerhin also die Weihnachtsedition, mit einem abfälligen Grunzen entgegengenommen und nachlässig auf ein Beistelltischchen fallen lassen. Dann hatte sie noch überflüssigerweise mit ihrem Gehstock auf ihn gezeigt und gesagt: »Von dir kann man wirklich nichts anderes erwarten als billiges Gelump.« Die Enttäuschung konnte man in ihren wässrigen Augen lesen. Es war jene Enttäuschung, die er immer in ihren Augen lesen konnte, denn Paul hatte seine Großtante sein Leben lang immer nur enttäuscht. Mit dem Realschulabschluss, wo sie doch erwartet hatte, dass er Medizin studieren würde, mindestens! Oder Jura. Oder Betriebswirtschaft. Mit Sandra, seiner bisher längsten festen Freundin, die wegen ihres Kindes aus einer früheren Beziehung für Tante Margit nur eine »billige Hure« gewesen war. Mit seiner Kleidung, seinem Lebensstil, kurz: mit allem. Eine Enttäuschung nach der anderen. Früher konnte Tante Margit auch liebenswürdig und manchmal sogar richtig nett sein. Doch immer wenn ihre Hüfte schmerzte, wurde sie unausstehlich. In den letzten Jahren hatte ihre Hüfte praktisch immer geschmerzt.

Paul ballte seine Faust um das Geldbündel in seiner Hosentasche. Die Warteschlange am Kiosk an der Reichenbachbrücke war kurz. Als er an der Reihe war, war er kurz versucht, das dicke Scheinbündel herauszuziehen und für sein Bier großkotzig einen Fünfziger hinzublättern und »Stimmt so« zu sagen. Sollten sie nur blöd glotzen, die ganzen Cabriofahrer. Er ließ es bleiben, kramte seinen kleinen Geldbeutel hervor und zählte das Geld auf den Cent genau ab. Er machte den Leuten nach ihm Platz, stellte sich auf die Brücke, sah auf die glitzernde Isar und nahm einen Schluck. Ein milder Wind kam auf. Auf den Wiesen der Isarauen bummelten Pärchen und Hundegassiführer. Paul ging die Stimmung plötzlich auf die Nerven. Er wusste auch, dass er nun nicht zurück zum Gärtnerplatz gehen würde. Dass er das Mädchen nicht ansprechen und einladen würde. Nicht heute. Nicht, nachdem Tante Margit ... Wie sie wieder und wieder mit ihrem schwarz lackierten Gehstock auf ihn gezeigt hatte, vor seiner Nase damit herumgefuchtelt hatte, wenn sie eine ihrer Tiraden über die Jugend von heute im Allgemeinen und Paul im Speziellen losgelassen hatte.

Paul schüttelte den Kopf. Er schlug den Nachhauseweg ein.

»Hey, Paul!« Sein alter Kumpel Basti kam ihm entgegen. Basti, der einen immer umarmte, was Paul eigentlich nicht mochte, aber hinnahm. Basti umarmte Paul und Paul nahm es hin. »Alleine saufen?«

»Ne, wollte nur ein Bierchen«, antwortete Paul.

»Warst du bei deiner Tante?«

Warum fragte Basti ausgerechnet das?

»Äh«, Paul zögerte. »Nein«, sagte er dann. »Nein, nur ein kleiner Abendspaziergang mit Bier.«

»Würd gerne noch mit dir ratschen, Paul«, sagte Basti. »Bin aber verabredet und muss weiter. Bis die Tage.« Weg war Basti.

»Bis die Tage«, murmelte Paul. Er würde heimgehen, das Geld an einem sicheren Platz verstecken und dann vielleicht noch einmal rausgehen. Guter Plan. In einem kitschig dekorierten Schaufenster betrachtete Paul sein Spiegelbild im Schaufenster. Er probierte einen überraschten Gesichtsausdruck, dann einen traurigen. Er musste schließlich vorbereitet sein. Vielleicht riefen sie ihn aber auch nur an, dann konnte sowieso niemand seinen Gesichtsausdruck sehen. Bei Tante Margit hatte er immer seinen stoischen Gesichtsausdruck aufgesetzt. Auch den hatte er trainiert. Sie sollte nie sehen, wie sehr sie ihm auf die Nerven ging, wie sehr sie ihn verletzte. Er blieb stoisch, auch wenn er innerlich kochte.

So wie vorhin. Erst die Sache mit den Mon Chéris, dann der übliche Sermon über Ausbildung, Mädchen, Geld. »Ich habe immer 23 000 Euro unter dem Kopfkissen«, hatte Tante Margit gesagt. »Man weiß ja nie. Und den Banken kann man heutzutage nicht mehr trauen.«

Paul spürte das Bier. Er hatte Hunger. Er bog um die Ecke und bestellte sich beim Pizzaservice in der Klenzestraße eine Pizza mit allem und extra viel Käse zum Mitnehmen. Dazu noch eine Flasche Augustiner. Die andere leerte er im Laden und ließ sich das Pfand anrechnen. Paul beeilte sich nun, damit die Pizza nicht kalt und das Bier nicht warm wurde. Er begann, die Pizza im Gehen zu essen.

Er hatte es nicht geplant, es hatte sich einfach aus der Situation ergeben. Tante Margit hatte nach seinem Job gefragt. Aus ihrem Tonfall hörte er heraus, dass sie es wahrscheinlich schon längst wusste, dass er entlassen worden war. Vermutlich hatte sich seine Mutter verplappert. Also hatte sich Paul entschieden, ihr die Wahrheit zu sagen.

»Na, prima«, hatte Tante Margit ausgespuckt und die dünnen, affig in die Stirn gemalten Brauen über ihren wässrigen Augen abschätzig bis zum Haaransatz nach oben gezogen. »Du brauchst gar nicht glauben, dass du was von meinem Geld bekommst«, hatte Tante Margit gesagt. »Das versäufst du doch eh nur mit deinen billigen Flittchen.«

Ne, Tante Margit, sagte Paul in seinen Gedanken. Das versauf ich heute mit mir allein.

Sein Handy klingelte. »Mama mobil« zeigte es an. Paul schluckte den Bissen Pizza hinunter und ging ran.

»Tante Margit ist tot«, sagte seine Mutter emotionslos.

»Was?!«, rief Paul.

»Tante Margit ist tot«, wiederholte seine Mutter.

»Das habe ich schon verstanden«, antwortete Paul. »Ich meine, wie und …«

»Sie ist wohl gestürzt und mit dem Kopf gegen die Kante der Schrankwand gefallen. Ich wollte sie nur kurz besuchen und da habe ich sie gefunden. Der Arzt war eben hier und hat den Totenschein ausgestellt.«

»Und?«

»Was und?«

»Nichts.«

»Ich … ich hatte meine Schwierigkeiten mit ihr, nun hat ihre Seele endlich Frieden gefunden. Und das so kurz vor Weihnachten! Ich weiß, du mochtest sie gerne«, sagte seine Mutter. »Du hast sie ja so oft besucht.«

»Hm ja«, sagte Paul gedehnt.

»Ich wollte dich nur kurz informieren.«

»Danke, Mama. Du, ich bin grad unterwegs. Ich melde mich später noch mal, dann kannst du mir alles detaillierter erzählen.«

»Gut, aber da gibt's nicht viel zu erzählen. Tante Margit ist gestorben. Der Herr sei ihrer armen Seele gnädig. Na, dann kann ich das Geschenk für sie ja Tante Ruth geben ...«

Paul legte auf.

Tante Margit hatte sich aus ihrem bequemen Sessel gewuchtet. Hinter ihr geriet der kleine Plastikbaum, den sie jedes Jahr unverändert aufstellte, etwas ins Wanken. Jedes Jahr zum ersten Advent musste Paul den Baum aus dem derangierten Karton im Keller holen, aufstellen und den Stecker in die Dose stecken. Die Lichterkette brannte immer. Der Baum war seit mindestens zehn Jahren geschmückt. Und jedes Jahr am Dreikönigstag musste er den geschmückten Baum, so wie er war, wieder einpacken und im Keller verstauen. Nun war also Tante Margit aufgestanden, unsicher und schwer auf ihren Stock gestützt.

»Du bist wirklich ...«, hatte sie angesetzt und dabei mit dem Stock anklagend auf Paul gezeigt.

»Was?« Paul war der Kragen geplatzt. »Was?«, hatte er geschrien und die Stockspitze gepackt. Mit einem Ruck hatte er den Stock zu sich hergezogen. Er hatte erwartet, dass Tante Margit den Knauf loslassen würde. Aber die alte Frau hatte ihn mit Kraft festgehalten. Also hatte Paul den Stock von sich weggeschubst und damit Tante Margit überrascht. Sie hatte das Gleichgewicht verloren. Sie hatte mit den Armen gerudert, mit kleinen Trippelschrittchen einen absurden Tanz aufgeführt und schließlich den Stock fallen lassen. Anschließend war sie seitlich umgefallen.

Gegen die massive Schrankwand, Eiche rustikal. Genau auf eine Kante. Die Erschütterung hatte die Gläser im Schrank klirren lassen und sogar die schwere Bronzefigur einer Eule, die Paul schon immer hässlich gefunden hatte, war gefährlich ins Wanken geraten. Viel Blut war nicht zu sehen gewesen. Sie hatte noch geatmet. Paul war aufgestanden und hatte der Bronzeeule den entscheidenden Schubs gegeben. Danach war etwas mehr Blut zu sehen gewesen. Paul hatte die Eule aufgehoben, dabei war sie ihm noch einmal aus den Händen gerutscht und erneut auf Tante Margits Kopf gefallen. Tante Margit hatte danach nicht mehr geatmet. Das Geld war tatsächlich unterm Kopfkissen gelegen. Nicht unter Tante Margits Kissen, sondern unter dem von Onkel Hubert, der seit vierunddreißig Jahren tot war und dennoch all die Jahre ein frisches Bettzeug von Tante Margit bekommen hatte.

Paul kaute auf dem letzten Stück Pizza herum und sah in den Nachthimmel. Irgendwo sangen Kinder »Schneeflöckchen, weiß Röckchen«. Er beschloss, nun doch zurück zum Gärtnerplatz zu gehen. Vielleicht war das Mädchen ja noch da.

JOSEPHS LATERNE

Max Bronski

I.

Polizeioberwachtmeister Köpf sperrte die Handschellen auf.

»Da ist das Telefon!«

Um meine Handgelenke zogen sich rote Striemen. Ich bin eben grobknochig und füge mich keiner DIN-Norm. Um nur eine Taste zu treffen, muss ich spitze Finger machen. Aber meine eigene Nummer kriegte ich fehlerlos hin.

»Bei Gossec.«

Julius klang komisch.

»Ich bin's.«

»Wo steckst du denn? Seit zwei Stunden warte ich hier.«

Die Sprechbehinderung rührte von seiner schweren Zunge her. Das schlechte Gewissen verfügt über ein ganzes Arsenal fieser Marterinstrumente, eines davon ist die Bieruhr. Die Bieruhr zeigt unerbittlich jede konsumierte Halbe an. Wenn man den Kontakt zu ihr alkoholmäßig verödet hat, schlüpft sie gewandt in alternativ analoge Zählsysteme, wie Striche auf dem Bierdeckel oder leere Pfandflaschen. Die Missbilligung meines Lebenswandels drückt sie am liebsten in Euro aus. Jedenfalls hatte jeder von uns vier Weißbier intus, als ich mich aufs Rad schwang, um zum Christkindlmarkt hinüberzufahren. Wenn Julius in dieser Frequenz weitergetrunken hatte, zeigte seine innere Uhr nun acht Halbe an. So was geht auf die Stimme.

»In der Ettstraße.«

Julius schwieg, also verstand er und war noch so weit klar, dass er nicht die sinnlose Frage stellte, was ich dort machte.

»Festnahme wegen«, ich zitierte Polizeioberwachtmeister Köpf, »*versuchten Banküberfalls.*«

Köpf nickte, zufrieden damit, dass ich nichts beschönigte.

»Und jetzt?«

Auch eine schwere Zunge war also noch empfindsam genug, um das Zittern in der Stimme rüberzubringen.

»… brauche ich einen Anwalt, der mich raushaut.«

»Ich kenne doch keinen.«

Was hat man von Freunden in der Not, wenn sie zwar helfen wollen, aber nicht können? Beruflich gesehen kannte ich auch keinen Anwalt, aber privat war mir schon einmal einer über den Weg gelaufen, und wir hatten immerhin schon miteinander *Wir lagen vor Madagaskar* in Erikas Kneipe gesungen.

»Dann ruf den Hasskerl an.«

»Wen?«

»Ingo Hasskerl, die Nummer findest du in meinem Adressbuch.«

Ob Hasskerl juristisch eine Leuchte war, konnte ich nicht beurteilen. Aber der Name allein war schon eine Waffe. Wir hatten damals ein paar Gläser zerdeppert, er zog dann seine Visitenkarte aus der Brusttasche und legte sie auf den Tisch. *Ingo Hasskerl, Rechtsanwalt.* Dann sagte er, man möge ihn anrufen, wenn es irgendwelche Beschwerden gäbe. Logischerweise wollte bei so einem Namen und diesem Beruf niemand etwas mit ihm regeln. Und einen scharfen Hund wie ihn brauchte ich jetzt.

Julius versprach, ihn sofort aufzutreiben.

»Und jetzt?«

Köpf zwinkerte.

»Rauchen wir erst mal eine. Dann bringe ich dich in deine Zelle.«

II.

Angefangen hatte alles ganz harmonisch. Julius war auf ein Bier in meinen Laden gekommen. Ich fing an, eine besonders schöne Weihnachtskrippe auszupacken, die bei mir im Angebot war. Saisonal bedingt gingen meine antiken, wie man heute sagt, Weihnachtsaccessoires natürlich besonders gut. Die bislang nicht verkaufte Original Oberammergauer Krippe war ein Prachtstück, und ich freute mich daher, dass sie noch nicht über den Ladentisch gegangen war.

In der Rückschau verklärt sich so manches, aber diese Krippe erinnerte mich sogar in Details an die, die damals bei uns im Heim aufgebaut worden war. Das Holz der Schnitzerei war mit einer braungrauen, grobkörnigen Oberfläche überzogen, dass sie wie aus Stein gefügt wirkte. Zuständig war Schwester Eremberta, die mir heute noch im Traum erscheint, wenn es etwas an mir auszusetzen gibt. Auch als Nachtgespenst trägt sie diese weiße Haube, die ihr dickes Gesicht wie ein Medaillon einfasst und so eng ist, dass die Brillenbügel links und rechts in Schläfenkerben ruhen. Den ganzen Kopf umrahmt der steife, schwarze Vorbau, der eine Ordensfrau erst so richtig zur Nonne macht.

Eremberta hatte eine Schwäche für Schnitzereien. Sie bettelte so lange Spenden zusammen, bis ihr die Schwester Oberin davon ein prachtvolles Krippenensemble spendierte. Die Tage vor Weihnachten war Eremberta damit beschäftigt, die ideale Aufstellung der Figuren zu ertüfteln und sie über die Wochen bis zum zweiten Februar, bis Mariä Lichtmess, zu konservieren.

Unsere beiden Krippen waren im Stil von Burgruinen gehalten, ein fast verfallener Turm mit einigen verbliebenen Zinnen, dazu ein Gewölberest, der der Heiligen Familie noch ein wenig Schutz bot. Diese traditionelle Form legte beredtes Zeugnis davon ab, wie die Heilige Familie auf ihrem Weg nach Bethlehem in Südtirol vorbeigekommen war und dort genächtigt hatte. Dass diese Burg für uns Buben eine ideale Kulisse war, um mit unseren Spielfiguren Ritterkämpfe zu inszenieren, trug uns jede Menge Schläge und Nachtischentzug ein. Aber da muss man nicht nachtarocken, das war die Sache wert.

Nach dem zweiten Weißbier meinte Julius, dass wir uns diese Krippe ja auch für morgen zu Heiligabend aufstellen könnten. Wenig später lagen wir am Boden, platzierten und schoben die Figuren wie die Faller-Häuschen, -Bahnhöfe und -Berge beim Aufbau einer Märklin-Eisenbahn hin und her. Dabei war Julius in puncto Krippenveranstaltungstechnik ein Banause, schlampig und ohne Blick für eine saubere biblische Choreografie.

Eine wie Eremberta hingegen brütete tagelang über dem idealen Aufbau. Die ganze Umgebung um die Burg herum belegte sie mit Moos, das sie sich vom Christkindlmarkt geholt hatte. Vor der Treppe wurde ein Weiher angelegt. Auch hier hatte sie lange experimentiert. Zunächst versuchte sie es mit einer Glasscheibe. Die aber sah wie eine im Moos liegen gelassene Glasscheibe aus und nicht wie ein Burgweiher. Deshalb pinselte Eremberta auf Papier einen hellblauen Wassergrund, den sie mit Gelatine aus der Heimküche abdeckte, sodass ein leichter Wellengang den Weiher zu kräuseln schien.

Als Erstes wurde der Verkündigungsengel mit Posaune in Position gebracht. Hausmeister Fritz Zwickl hatte oben in der Decke nur zu diesem Zweck einen Dübel angebracht. Der Engel an seiner dünnen Schnur über dem ganzen Arrangement stellte einen festen Bezugspunkt dar, denn er musste logischerweise direkt über dem Futtertrog schweben, in dem das Christkind auf Stroh gebettet lag. Eremberta konnte drei Hirten in unterschiedlichen, sorgfältig ausgewählten Posen aufbieten. Der erste, in inniger Anbetung kniend, wurde nahe an das Christkind herangerückt. Dahinter dann das heilige Paar, Maria, mütterlich besorgt über das Kind gebeugt, und Joseph, auf seinen Stab gestützt, hundemüde vom langen Marsch. Der zweite Hirte wurde auf dem letzten Treppenabsatz platziert, da er keine beweglichen Beine hatte. In seiner Miene spiegelte sich ein erstes Erkennen, bald würde er überwältigt auf die Knie sinken, um ihn anzubeten. Schließlich gab es noch einen dritten Hirten, den Wurschtigen, der weitab im Moos stand und einen Schnappsack aus Fell um die Schultern trug, Fell von genau der Art wie das der Schafe um ihn herum. Er lieferte damit ein klares Indiz, dass auch der Weihnachtshirte dem Lammbraten nicht abgeneigt war. Der Wurschtige hatte gehört, dass da hinten in der Burg etwas los war, aber irgendjemand musste sich schließlich um die Schafe kümmern.

Nach dem sechsten Januar wurde es mit den Heiligen Drei Königen ziemlich eng in der Burg. Der verzückte Hirte wurde komplett abgezogen, jetzt durften nur noch die Könige anbeten, der erkennende Hirte hatte sich gerade von der Heiligen Familie verabschiedet und war nun im Begriff, die Burg wieder zu verlassen, er stand auf dem Treppenabsatz in anderer Richtung, seine ausgestreckten Arme hatte Eremberta nach unten gedreht. Und der wurschtige Hirte stand immer noch inmitten seine Schafe. Ob er dem Christkind überhaupt einen Besuch abgestattet hatte, wusste auch Eremberta nicht, aber es war tröstlich, dass die Schafe über die gesamte Krippenperiode nie ohne Aufsicht blieben.

Wir Buben waren bei unseren Ritterspielen immer sicher, die Position jeder einzelnen Figur genau zu kennen und alles wieder richten zu können. Aber wenn auch nur einer von uns den Fellsack des wurschtigen Hirten zu öffnen versuchte oder nachschaute, ob der Erkennende etwas zwischen den nackigen Beinen hatte, Eremberta bemerkte alles sofort. Dann ging es nur noch darum, den Namen des Täters herauszubekommen.

»Dein Joseph hat keine Laterne«, sagte Julius.

Am liebsten hätte ich ihm eine runtergehauen. Die Krippenleidenschaft samt dem kostbaren Schatz meiner Erinnerungen hatten diesen Menschen vollkommen ungerührt gelassen. Statt der Schönheit sah er nur den Makel. Er wischte sich den Weißbierschaum vom Mund.

»Sonst fällt dir nichts dazu ein?«

»Entschuldige, aber ein Joseph ohne Laterne ist für mich kein Weihnachts-Joseph.«

Julius war ein Rohling, aber er hatte recht. Mit seiner Forderung brachte er mich ins Gefängnis. Ungewollt, aber doch auf direktem Weg.

III.

Mein Joseph sollte nicht ohne Laterne bleiben! Ich überlegte kurz. Wenn ich ohnehin zum Christkindlmarkt hinüberfuhr, dann konnte ich auch gleich bei meinem Kunden vorbeischauen, der eine schmiedeeiserne Vorhangstange bei mir gekauft hatte, die ich ihm gelegentlich liefern sollte. Das

Teil war ziemlich sperrig, zwei Meter lang, spiralförmig gewunden und an den Enden mit einer Art Lanzenspitze verziert, goldfarben natürlich. Also sagte ich Julius, er müsse sich ein Weißbier lang ohne mich vergnügen, was meiner inneren Bieruhr nach höchstens eine halbe bis Dreiviertelstunde bedeutete. Ich stieg auf das Rad, ließ mir von Julius die schmiedeeiserne Lanze reichen und fuhr los.

Da uns nichts dergleichen überliefert ist, wissen wir nicht mit Sicherheit, wie Landsknechte auf Fahrrädern ausgesehen haben. Aber es ist anzunehmen, dass mich diese harten Kerle in ihrem Fähnlein so ausgerüstet ohne Weiteres als einen der ihren begrüßt hätten.

Draußen war es schon dunkel, aber die Straße war trocken. Natürlich lag in München wie immer kein Schnee. Schuld daran ist der Klimawandel, und für den wiederum sind unsere Konsum- und Profitgier verantwortlich. Im September werden Nikoläuse, Glühwein und Stollen in die Läden gedrückt, und zu Weihnachten stehen die Oster-Grinsehasen fertig verpackt im Auslieferungslager auf der Palette. Dass sich bei diesem Wahnsinn kein Wetter mehr an irgendwelche Jahreszeiten hält, ist logisch.

In der Reichenbachstraße steuerte ich meine Bank an, um mir noch Geld für die Laterne zu ziehen. Meine Stange nahm ich mit in den Bankvorraum hinein, geklaut wurde schnell etwas in München, zumal Antikes. Eigentlich hätte ich schon beim Einführen der EC-Karte merken müssen, das da etwas nicht stimmte. Trotzdem gab ich meine Geheimzahl ein. Den Betrag wollte der Automat gar nicht wissen. *Vorgang abgebrochen!* meldete er. Ich bekam meine Karte zwar noch am Ende zu fassen, aber sie steckte fest. Dieser blecherne Depp wollte sie nicht mehr herausrücken. Es war zum Verzweifeln. Jede Scheiße im Umkreis von fünf Kilometern klebte mir in kürzester Zeit an den Fußsohlen!

Mit der kleinen Taschenlampe, die ich am Schlüsselbund angeklemmt habe, konnte ich durch den Schlitz hindurch genau sehen, wie der Automat meine Karte umklammert hielt. Derselbe Effekt wie früher bei meiner Sparbüchse: Jede Münze glitt hinein wie ein Messer durch weiche Butter. Wenn die Metallzähne des Einwurfschlitzes dann auch nur den Rand eines Geldstücks zu fassen bekommen hatten, ging nichts mehr rückwärts. Die Erwachsenen konnten getrost wegschauen. Es war, als hätte sich ein Hai mit seinem Mördermaul in ein Opfer verbissen. Und wenn die Münze drinnen war, war alles aus: Auch mit dem Hammer war nichts zu machen. Dieser kartuschenförmige, gelbe Geldbunker war jeder Gewaltanwendung gegenüber unempfindlich. Man wurde dann recht schnell von einem Furor erfasst. Mit demselben Ingrimm schlug ich gegen den Automaten. Mit der flachen Hand, mit der Faust. Polizeioberwachtmeister Köpf gegenüber gab ich schließlich zu, dass ich das Ding auch mit Fußtritten traktiert hatte.

Als ich innehielt, nachdachte und mich darauf verlegte, schlau vorzugehen, lief die ganze Geschichte endgültig aus dem Ruder. Als Trödler trägt man immer ein Set mit ausklappbaren Multitools bei sich. Zuerst nackelte ich nur ein wenig herum, dann, wie immer, wenn sich mir ein Objekt nicht fügen wollte, ging ich brachialer zu Werk und begann den Schlitz aufzuhebeln. Schon nach ein paar Handgriffen merkte ich, wie sich eine aufgesetzte Attrappe von dem Automat zu lösen begann. Jetzt brannten bei mir endgültig ein paar Sicherungen durch, ich war auch noch Betrügern auf den Leim gegangen, die meine Daten abschöpfen wollten. Ich trat die Attrappe mit meinen Stiefelabsätzen zu Bruch und klaubte meine lädierte EC-Karte aus den Trümmern.

Plötzlich wurde es nebenan hell. Flackernd ging eine ganze Batterie von Leuchtstoffröhren im Schalterraum an. Später stellte sich heraus, dass sich der Filialleiter noch nicht von seinen Talern hatte trennen können und ein Stockwerk höher eine Abendschicht eingelegt hatte. Oder so ähnlich. Jedenfalls schickte er seine Sekretärin nach unten, um nachzusehen, ob Gefahr im Verzug war. Ich sah die junge Frau und dachte, sie sei meine Chance, ging zur Glastür, pochte, rüttelte und schrie. Eigentlich nur deshalb, weil mir, dem Kunden, bitteres Unrecht widerfahren war! Sie jedoch wieselte sofort Deckung suchend hinter die Theke. Ich hörte nicht auf zu lärmen. Ängstlich lugte sie über die Tischplatte. Ein Blick wie durch eine Schießscharte nach draußen.

Dann wurde auch ich zum erkennenden Hirten! So ganz vorweihnachtlich, *Vom Himmel hoch da komm' ich her!*, wurde mir Mitgefühl zuteil, und ich nahm mich mit ihren Augen wahr. Eine junge Frau. Was sah sie? Einen Mann in Lederjacke mit einem Landsknecht-Spieß in der Faust, der im Vorraum der Bank randalierte und sich gewaltsam Einlass verschaffen wollte, um in den Tresorraum vorzudringen.

Diese Einsicht kam zu spät. Sie war zum Notfallschalter gerobbt und hatte Alarm ausgelöst. Eine Sirene ertönte, die Türen wurden automatisch blockiert, und ich war im Vorraum eingesperrt. Kurz darauf war die Filiale von mindestens vier Polizeifahrzeugen umstellt, deren rotierende Reflektoren die ganze Umgebung in Blaulicht tauchten. Schon das vermittelte den Eindruck, dass hier der Zugriff auf einen Schwerverbrecher erfolgte. Ich ergab mich sofort, legte Lanze und Multitools vor mich auf den Boden und trat mit erhobenen Händen aus der Bank.

IV.

Es war nicht das erste Mal, dass ich in der Ettstraße nächtigte, aber hoffentlich das letzte Mal. Schon weil man in diesen Zellen nie gut schläft. Am anderen Morgen hörte ich meinen scharfen Hund draußen bellen, Ingo Hasskerl war tatsächlich gekommen, um mich rauszuhauen. Gerade noch rechtzeitig hatte er einen Haftprüfungstermin beim Ermittlungsrichter veranlassen können. Schließlich war Heiligabend, und was vormittags nicht erledigt war, würde erst nach Drei König erledigt werden. Auch die Polizei beansprucht den traditionellen Weihnachtsfrieden für sich, das heißt, in dieser Zeit schiebt sich gar nichts, und wer einsitzt, hat gefälligst bis zum sechsten Januar zu warten.

Zum Glück war Richter Schlemmer weihnachtlich gestimmt und so amüsiert, dass ich ihm meine Geschichte zweimal erzählen musste. Dann bekam ich endlich meinen Stempel und durfte die ungastliche Stätte verlassen.

»Alles klar, Gossec?«, fragte Hasskerl.

Ich nickte. Drüben begannen die Glocken der Peterskirche zu läuten. Ich hatte also gerade noch zwei Stunden, um meine Erledigungen zu machen. Dann schloss der Christkindlmarkt für ein Jahr. Entweder ich bekam noch eine Laterne für meinen Joseph, oder dieses Weihnachten konnte krippenmäßig in die Tonne getreten werden.

»Meine Kostennote schicke ich dir dann zu.«

Anwälte schreiben nie Rechnungen, sondern immer nur Kostennoten. Letztere ragt geradezu adelig aus dem Heer dieser bürgerlichen Papierwische heraus. Vor allem richten sie sich nach der BRAGO, der Bundesrechtsanwaltsgebührenordnung. Widerspruch demgemäß zwecklos, weil die nicht nur in der Münchner Fußgängerzone galt, wo wir gerade standen, sondern auch in der Serengeti, sofern ich die Dienste eines deutschen RAs in Anspruch nahm.

»Muss wohl sein, aber erst nach Drei König!«

»Logisch.«

»Könnten wir da vielleicht noch was drauflegen?«

Verständnislos schaute er mich an. Ich zog meine angebissene EC-Karte aus der Tasche und wies sie ihm.

»Eine Laterne für meinen Joseph, bisschen Proviant und was zu trinken. Mit einem Fünfziger käme ich rum.«

Unschlüssig stand er da und kämpfte mit sich, bis er endlich seine Brieftasche zückte.

»Frohe Weihnachten, Gossec!«

DER MANN
MIT DER KRAWATTE

Angela Eßer

*Im Großen und Ganzen geht es in meinem Bezirk fried-
lich zu. Wir sind hier nicht in einem anonymen Groß-
stadtdschungel. Auf dem Dorf funktionieren die soziale
Kontrolle und das Miteinander noch, auch wenn nicht
mehr jeder jeden kennt. Hier passiert nichts Dramatisches.
Meistens jedenfalls.*

An diesem Morgen war irgendetwas anders. Es lag nicht
am Schnee, der heute zum ersten Mal in diesem Jahr gefallen war. Es lag auch nicht daran, dass es der Tag vor Hei-
lig Abend war. Beim Rasieren hatte er sich zweimal ge-
schnitten, am Kaffee die Zunge verbrannt und jetzt stand
auch noch die hübsche Rothaarige nicht am Bahnsteig.
Vielleicht war er ja einfach nur mit dem linken Fuß aufgestanden. Missmutig stieg er in den Zug nach München
und stand kurze Zeit später eingequetscht zwischen all
den Büroameisen, die wie er pendelten. Er versuchte, tief
durchzuatmen. Aber alles, was in seiner Nase ankam, war
eine Mischung aus Parfümerieabteilung und Zahnarzt-
wartezimmer. Dazu der warm-nasse Muff von jahrelang
nicht gereinigten Wintermänteln, in denen die Menschen
jetzt vor sich hin dampften. Und dank der Toiletten mitten im Waggon bekam dieses Duftgemisch noch die leichte
Kopfnote von Ammoniak. Wenn jetzt noch irgendjemand
einen fahren ließ, dann würden Köpfe rollen, das wusste

er. Er grinste. Und dann sah er die Krawatte. Ein schreiend gelber Streifen, auf dem Micky Maus ein Auge zukniff und mit dem Zeigefinger seiner weiß behandschuhten Hand grinsend auf ihn zeigte.

Sein Magen verkrampfte sich und in seinen Ohren fing es an zu pfeifen. Erst ein ganz leises Fiepen, das langsam lauter und lauter wurde, bis er das Gefühl hatte, dass ihm das Trommelfell platzen würde. Er versuchte, nach Luft zu schnappen, spürte aber, dass sein Hals wie zugeschnürt war. Kalter Schweiß rann ihm den Rücken hinunter. Er musste jetzt einfach nur die Augen schließen und sich auf seine Atmung konzentrieren. Er kannte das Spiel. Es war nicht das erste Mal, dass sein Körper so reagierte. Er hatte gelernt, damit umzugehen. Mit den Bildern der Erinnerung. Und mit Micky Maus. Vollständig loswerden konnte man sie nicht, hatten die Ärzte gesagt, genauso wenig, wie man Daten auf einem Computer endgültig löschen konnte. Oder Micky Maus. Er konnte nur lernen, mit all dem zu leben. Musste es.

Nur manchmal meint irgend so ein wild gewordener Halbwüchsiger, dass die Umgehungsstraßen eine fantastische Rennstrecke seien. Dann wird es eng. Mit Engelszungen kann man da zwar reden, aber es hilft leider oft nichts und sie landen in den Leitplanken oder am Baum. Und richtig schlimm wird es, wenn sie das Auto mit Freunden vollgeladen haben und womöglich noch mit Promille im Blut den Vettel raushängen lassen. Traurig.

Endlich fuhr der Zug in München-Pasing ein und die Türen öffneten sich. Er widersetzte sich dem Drang, sofort aus dem Zug zu stürmen. Stattdessen japste er nach der kalten Luft, die hereinströmte, pumpte wieder Sauerstoff in seine Lungen. Er, Steffen Berger, würde nicht kapitulieren. Langsam öffnete er wieder die Augen und ließ seinen Blick über die Mitfahrenden wandern. Der Mann mit der Krawatte war noch da, er würde also auch bis zum Hauptbahnhof fahren. Er zwang sich, in das Gesicht des Krawattenträgers zu schauen, der keine zwei Meter von ihm entfernt stand. Der Mann, fast einen Kopf kleiner als er, hatte dunkle Augen und eine Halbglatze. Steffen Berger musterte ihn, rasterte alles ab, was er von ihm sehen konnte: ein aufgedunsenes Gesicht, dürre Hände, einen Siegelring. Die Krawatte, die wie ein Strick an seinem Hals hing, versuchte er zu ignorieren.

Der Zug fuhr in München ein und wie ein Hund lief er dem Mann hinterher, musste wissen, wer er war. Sein Verstand lachte ihn aus, brüllte ihm entgegen, ob er immer noch jedem hinterher rennen wolle, der eine Micky-Maus-Krawatte oder ein -Sweatshirt trage? Nur noch das eine Mal, sagte er zu sich selbst. Du machst dich ja lächerlich, bekam er zur Antwort. Bei wem?, fragte sich Steffen und rannte die Stufen zur U-Bahn herunter. Rief im Büro an, dass er krank sei und auf dem Weg zum Arzt, er würde sich wieder melden. Wartete am Bahnsteig zusammen mit dem Mann auf die U-Bahn und setzte sich ihm gegenüber. Nein, er konnte keine Ähnlichkeit entdecken.

Wie viele Jahre waren seitdem vergangen?

28 Jahre, 4 Monate, 11 Tage, 17 Stunden.

So lange war Simon tot, doch es verging kein Tag, an dem Steffen nicht an ihn dachte. An seinen Tod ... und an Michael. Nur die Albträume hatten in den letzten Jahren abgenommen. Auch die Panikattacken, wenn er die Trickfilmfigur irgendwo sah, waren nicht mehr ganz so schlimm wie früher. Waren eigentlich fast verschwunden. Das heute war eine Ausnahme, ein Rückfall, der sich hoffentlich nicht mehr wiederholen würde. Nur von seiner Traurigkeit, die er seit damals tief in sich trug, hatte ihn niemand befreien können.

Als der Mann mit der Krawatte ausstieg, stieg auch Steffen aus, ging über die Straße wie er, kaufte am Kiosk ebenfalls eine Zeitung und auch eine Leberkässemmel. Blieb dicht hinter ihm, folgte ihm ohne zu zögern in einen gläsernen Büroturm, fuhr zusammen mit ihm im Aufzug, wählte eine Etage höher als der Mann und lief danach die eine Treppe wieder hinunter.

Van der Meulen, Rechtsanwälte stand auf dem Messingschild. Ratlos starrte er auf die Namen. Wieder einmal hast du dich zum Narren gemacht, dachte er und zog gleichzeitig sein Handy aus der Tasche. Nur diesen einen Anruf noch. Er suchte im Internet die Telefonnummer der Kanzlei und meldete sich mit falschem Namen, fragte nach Michael Müller. Er bekam freundlich zur Antwort, dass er sich vielleicht in der Kanzlei geirrt habe.

Nachdenklich verließ er das Bürogebäude und setzte sich in ein Café gegenüber. Bestellte einen Espresso und sah die Bilder von damals vor sich. Wie in so vielen Träumen.

Sah den Bunker. Diesen kleinen Betonklotz mitten in dem kleinen Wäldchen, den sich die Natur langsam aber sicher zurückeroberte. Vergangenheitsrelikt, verdrängt von den Erwachsenen, gemieden von den Kindern. Der neue, große Spielplatz war interessanter, vor allem sicherer. Simon und er aber waren fast jeden Tag am Bunker gewesen, hatten ihn geliebt. Was sie aber genau an dem Tag vor 28 Jahren dort gespielt hatten, daran konnte er sich nicht mehr erinnern. Schatzsuche, Weltumseglung oder Wilder Westen? Er wusste es nicht mehr. Der Bunker war ihr Geheimnis, ihre Welt, die sie mit niemandem teilen wollten. Und doch war an dem Tag auf einmal die Clique aufgetaucht. Allen voran Michael, der Anführer. Simons Peiniger seit der Grundschule. Er baute sich vor ihm auf und lachte, verhöhnte, beschimpfte ihn. Trampelte auf ihren selbst gebastelten Spielsachen herum und schaute zu den anderen. Wollte deren Anerkennung, die er auch bekam. Alle johlten und feuerten ihn weiter an. Wie immer. Niemand widersprach einem Michael Müller oder legte sich mit ihm an.

Steffen hatte damals hinter einem Baum gestanden, hatte sich versteckt und sich irgendwann gewundert, warum er kein Rufen vom älteren Bruder mehr hörte. Langsam hatte er sich auf den Boden gleiten lassen, war durch das Laub gerobbt, noch völlig in das Spiel vertieft und dann hatte er plötzlich die Stimme gehört. Michaels Stimme. Sah, wie er immer näher an Simon herantrat, ihn wieder und wieder mit einem dicken Stock vor die Brust stieß, wie Simon versuchte rückwärts auszuweichen, stolperte und von der Bunkerkante in den Tod fiel.

Jeder Einzelne von uns gibt sein Bestes. Immer und immer wieder versuchen wir, den Kids ins Gewissen zu reden. Was du nicht willst, das man dir tu, das füg auch keinem anderen zu, mahne ich. Und wenn das nicht hilft, setz ich noch einen oben drauf: Nur kleine Würstchen lassen den Larry raushängen, zeig mal wirkliche Größe, aber dazu bist du ja zu doof. Aber nicht immer kommt das in den Spatzenhirnen an. Leider.

Die Bedienung kam an seinen Tisch, riss ihn aus den Gedanken und fragte, ob er noch etwas bestellen möchte, sie hätten ganz frischen Apfelstrudel. Einen Schnaps würde er jetzt gerne trinken. Und einen zweiten. Sich betäuben.

Doch er schüttelte nur den Kopf. Verscheuchte damit auch die alten Gedanken und griff zu seinem Handy, loggte sich ins Internet ein und suchte die Seite der Kanzlei. Einer der Rechtsanwälte hieß Michael van der Meulen. Michael. Sein Herz machte sich selbstständig, raste. Dieser Bastard musste seinen Nachnamen geändert haben. Hatte geheiratet und den Namen seiner Frau angenommen. Automatisch wählte er noch einmal die Nummer der Kanzlei, kappte aber sofort wieder die Verbindung. Was wollte er ihn fragen? Ob er der Michael von damals sei? Der, der sich von allen Micky nennen ließ, weil er immer zu Weihnachten diese Disneyland-Klamotten von seinem Onkel aus Amerika geschickt bekam und meinte, dadurch etwas Besonderes zu sein? Der die Kleineren tyrannisierte, um seinem Gefolge zu zeigen, was für ein toller Kerl er war. Ein Häuptling. Die anderen, die mit ihm durch die Gegend zogen, waren letztendlich genauso schuld. Aber sie hatten Simon nicht gestoßen, sie hatten nur zugeschaut. Zugeschaut und hinterher gelogen.

Völlig unvermittelt lachte er auf. Absurd. Alles hier war absurd. Er saß mitten in einem Café in München, beobachtete den Eingang eines Bürohauses und wartete darauf, dass ein Anwalt mit Micky-Maus-Krawatte herauskam. Wahrscheinlich war der Mann nur ein völlig unschuldiges Würstchen mit einem schlechten Geschmack. Und einer von Hunderttausenden in Deutschland, der zufälligerweise auch Michael hieß. Nicht mehr und nicht weniger. Nur er, Steffen, hatte dieses Trauma, dem er bis heute nicht Herr geworden war. Der wollte, dass die Tat eines halbwüchsigen Großmauls gesühnt wurde. Er schwor sich, dass diese Aktion die letzte bleiben würde, bestellte noch einen Espresso und wartete.

Als eine Kirchenuhr fünfmal anschlug und sich Steffen

fragte, wo in aller Welt in dieser Betonwüste noch eine Kirche stand, verließ der Mann das Bürogebäude. Obwohl es schon dunkel war und es wieder angefangen hatte zu schneien, sah Steffen ihn sofort. Er legte Geld auf den Tisch und verließ hastig das Café. Wie Stunden zuvor fuhr er zusammen mit dem Mann in der U-Bahn. Der Weg war bekannt, sie beide würden mit dem Zug zurückfahren. Zurück in die Schlafdörfer, in die selbst geschaffene Idylle. Nach Hause.

Und dann die Durchgeknallten, die meinen, sich vor den Zug werfen zu müssen. Ein letztes Mal Aufmerksamkeit auf sich ziehen. Der große Zapfenstreich. Am besten morgens um acht vor einen vollen Pendlerzug. Albtraum eines jeden Lokführers. Oft konnte derjenige danach nie wieder einen Zug fahren.

Steffen ließ den Mann, der jetzt Stöpsel in den Ohren hatte, nicht aus den Augen. Fragte sich, was er wohl für Musik hörte, versuchte sich gleichzeitig krampfhaft auf sein Buch zu konzentrieren. Aber die Buchstaben vor seinen Augen wurden keine Wörter. Nichts, was er las, ergab einen Sinn.

Er hörte nur das nächtliche Weinen seines großen Bruders. Sah die Angst in seinen Augen, wenn er schluchzend erzählte. Von den Quälereien in der Schule. Von Michael und den zerrissenen Heften, den brutalen Schlägen, den Demütigungen, für die er vor dem strengen Vater immer neue Ausreden erfand.

In so vielen deutschen Städten hatte er gelebt und doch wohnte er jetzt wieder am Ort seiner Kindheit.

An den er niemals wieder zurückkehren wollte.

Er schaute aus dem Fenster, nahm die Orte, an denen sie vorbeikamen, kaum wahr. Dachte an Weihnachten, an das Fest der Freude, an Kerzen und den Geruch von Tannenzweigen, als er bemerkte, dass der Mann aufstand und sich vor die Zugtür stellte. Die gleiche Station, an der auch er aussteigen musste. Alles altbekannte Straßen, die er dem Mann hinterherlief, bis es für ihn keinen Zweifel mehr gab – der Mann, den er verfolgte, war wie er mit seiner Familie in das Haus der verstorbenen Eltern gezogen.

Der Mann mit der Krawatte zog einen Schlüssel aus der Manteltasche und öffnete die Haustüre, warf einen Blick zurück auf die Straße, so als wüsste er, dass jemand ihm gefolgt war. Kinderjubeln begrüßte ihn, er zog die Tür hinter sich zu.

Steffen starrte auf das Haus. Er hatte recht gehabt, doch er spürte weder Freude noch Trauer. Vielmehr ein Entsetzen, dass seine Vermutung von heute Morgen stimmte. Er war nicht einer Obsession gefolgt, sondern tatsächlich dem Mörder seines Bruders. Jetzt stand er hier und war mit nichts darauf gefasst. Was wollte er nun tun? Eine Pistole besorgen, Michael mit dem Auto überfahren oder ihn aus dem Haus locken und … was dann?

Das Blut pochte in seinen Ohren, seine Nackenmuskeln verkrampften sich.

… und dann gibt es Dinge, die so klein und scheinbar unscheinbar sind, dass man sie fast übersieht. Aber das darf nicht passieren und da heißt es, ganz schnell und wachsam zu sein. Wie letztens bei diesem Steffen und dem Mann mit der Krawatte. Eine alte Geschichte. Nach so vielen Jahren.

Langsam ging Steffen auf das Haus zu und klingelte. Eine kleine rundliche Frau, die ihn herzlich anlachte, öffnete die Tür.

»Guten Abend.« Fragend.

»Ich hätte gern kurz Ihren Mann gesprochen«, antwortete Steffen. »Wir kennen uns von früher«, fügte er nach einer kleinen Pause hinzu.

Die Frau drehte sich um, nahm ein Kind, das neugierig zum Eingang gekommen war, an der Hand und rief nach Michael.

»Komme gleich«, tönte es irgendwo von einem oberen Stockwerk und kurze Zeit später standen sich die zwei Männer in der Haustür gegenüber.

Michael nickte. »Ja?«

»Michael?«, fragte Steffen leise. »Michael Müller?«

»Ja. Früher«, der Mann mit der Krawatte lachte. »So hieß ich vor Ewigkeiten. Mein Name ist jetzt van der Meulen. Womit kann ich Ihnen denn helfen?«

Als er keine Antwort bekam, runzelte er die Stirn. »Kennen wir uns?«

Steffen ging einen Schritt rückwärts, konnte die Nähe des Mannes nicht ertragen. Wie schon am Morgen lief ihm kalter Schweiß über den Rücken, schnürte es ihm den Hals zu. Er rang nach Luft.

»Was wollen Sie?«, hörte er durch das Fiepen in seinen Ohren. Seine Hände verkrampften sich. Er atmete tief in seinen Bauch und schaute Michael in die Augen.

Er, der damals so übermächtige und berüchtigte Anführer war heute ein kleines, schmächtiges Männlein mit Bauchansatz. Wie einfach wäre es jetzt, ihm die Kehle zuzudrücken, seinen Kopf so lange gegen die Hauswand zu schlagen, bis er tot liegen blieb.

Halt, habe ich ihn gewarnt, schalt dein Gehirn ein! Überleg dir genau, was du jetzt tust. Das kann nicht die Lösung sein, nach der du gesucht hast. Aber richtig durchgekommen bin ich zu ihm nicht. Ich musste lauter werden und habe nachgebohrt: Was willst du? Rache? Hätte Simon das gewollt?

»Ich ... bin ... der Bruder von Simon«, brachte Steffen mühsam hervor.

Erst jetzt bemerkte er den Jungen, der sich neben Michael gestellt hatte.

»Papa? Kommst du?«

Also, was ist?, habe ich noch mal nachgehakt. Rache oder Vergebung? Was fühlt sich besser für dich an? Du musst dich entscheiden ... Jetzt.

Steffen ballte seine Fäuste und kniff die Augen zusammen. Der Mann mit der Krawatte ging in Hocke, legte einen Arm um die schmalen Schultern seines Sohnes und blickte zu Steffen hoch. Aschfahl im Gesicht.

Flüsterte.

»Es tut mir leid ... so unendlich leid.« Danach senkte er den Blick.

Steffen betrachtete den Jungen. Wie alt mochte er sein? So alt wie Simon damals. Zehn, elf vielleicht. Schade, dachte Steffen, Simon könnte jetzt auch Vater sein, wenn der Schutzengel damals durchgedrungen wäre. Wenn Michael auf die Warnungen und Bitten gehört hätte.

Steffen sah die fragenden Augen des Jungen, lächelte ihn kurz an. Dann wandte er sich ab und ging.

»Wer ist der Mann, Papa?«

Abrupt blieb Steffen stehen, sah sich noch einmal um. Brauchte einen Moment, bis er reden konnte.

»Jemand, der deinem Papa kurz etwas sagen wollte«, für einen Atemzug hielt er inne. »Ich wollte ihm nur sagen, dass jetzt alles in Ordnung ist. Und ... Frohe Weihnachten.«

Entschlossen drehte er sich um und ging nach Hause.

MORDSLOIPE

Nicola Förg

———————

»Die hamm den aus der Loipe geschossen!«
Kathi war platt. Der Mann lag mit irgendwie verzwirbelten Beinen im Schnee, die Knöchel verdreht, die Langlaufski stakten in die Luft, die Fäuste hatten die Stöcke noch fest umklammert. Er starrte in die Luft, rotes Blut war in die schneeweiße Loipe geronnen. Er war ein dürres Männchen, was die super enge Sportkleidung noch unterstrich. So ein nordischer Sport-Asket.

Sie waren seit etwa 15 Minuten vor Ort, waren durch den tiefen Schnee gestapft, ohne Ski war das ein mühsames Unterfangen. Der Arzt musste kein Könner sein, um festzustellen, dass der Mann einem Blattschuss erlegen war. Es war auch klar, dass der Schuss vom Wald her gekommen sein musste, die Kriminaltechnik würde da nun im Schnee wühlen – Schnee, ja der Vorteil war, dass er immer verräterische Spuren preisgab. Der Schnee war ein Verbündeter der Kriminaler. Der Schnee war auch ein Verbündeter der Tourismusindustrie, er war ihr Segen und ihr Fluch. Dieses Jahr hatte sich Frau Holle netterweise herabgelassen, schon mal vor Weihnachten Schnee herabzulassen. Keine Berge, aber doch so viel, dass man von Ski und Rodel gut sprechen konnte.

Der Tote kam Irmi irgendwie bekannt vor. Sie rätselte noch, wo sie den einordnen müsse, als der Kollege Sailer, der das Gelände abgesperrt hatte, bedächtig sagte: »Jetzt gehen die Gästezahlen eh zurück und die derschießn denen aa no den Tourismusdirektor.«

Genau! Urs Aufderblatten, ein Schweizer, der öfter in der Zeitung zu sehen war. Die Karwendelgemeinde mit touristischem Niedergang hat ihn eingekauft, um selbigen Niedergang aufzuhalten. Eine titanische Aufgabe war das für den Mann aus dem Wallis, der es hier mit den typischen Karwendelvermietern zu tun hatte. *Des Klo am Gang hot's die letzten 100 Jahr aa glitten. Wos? Skidoo-Touren woit's machen? Des stinkt doch!* Ja, touristische Innovationen waren hier schwerer durchzusetzen als es ein Bordell in Mittenwald Zentrum gewesen wäre …

»Das wird halt ein Vermieter gewesen sein, dessen Betten leer bleiben«, sagte Kathi und grinste.

Na wunderbar, dann war ja das halbe Dorf verdächtig. Für schwache Gästezahlen war immer der Tourismusdirektor verantwortlich, für volle Betten war die Kunst des Hoteliers zuständig. »Puh«, entfuhr es Irmi.

Wo anfangen? Das war doch die Frage. Feinde? Sicher viele, denn Menschen, die frischen Wind durchs Karwendel blasen wollten, waren hier eher fragwürdig bis verhasst. Es blieb, Zeugen zu befragen, es blieb, die Ergebnisse der Kriminaltechnik abzuwarten. Einige Zeugen hatten den Schuss gehört, wer näher dran gewesen war, hatte den Mann mitten im Skaten niedergehen sehen. Mehr nicht. Die Kriminaltechnik hatte den Platz, wo der Schütze gestanden war, natürlich entdeckt. Es gab eine Kuhle im Schnee. Als wäre jemand in den Schnee gestürzt. Auch eine Spur in Schuhgröße 44 hatten sie ausgemacht und Spuren, die von der Teerstraße in den Wald geführt hatten. Dann war aber leider Ende im Gelände, auf der knochentrockenen Asphaltader war nichts mehr weiterzuverfolgen. Inzwischen hatte sich nämlich ein Hoch breit gemacht, eigentlich perfekt für die Weihnachtsurlauber. Aus einem Jagdgewehr war geschossen worden, mit einem gängigen Kaliber. Es bestand auch kein Anlass zu glauben, dass einer der üblichen halbblinden, knapp hundertjährigen Jäger den Mann mit einem Bock verwechselt hätte. Böcke trugen in gleißendem Sonnenlicht keine Rennanzüge in Kobaltblau. Das war ein sauberer Mord mitten auf einer Mordsloipe!

Sie hatten den Vermieter von Urs Aufderblatten befragt, den Bürgermeister, den Verkehrsverein, die Mitarbeiterin auf dem Tourismusamt. Der Weihnachtsbaum dort war üppig mit Engeln behängt, an der Theke, wo die Mitarbeiter den Urlaubern im typischen kernigen Karwendelcharme Auskünfte gaben – »Ja was moanst, der Lift lafft heit einfach ned.« »Na, mir können koa Unterkunft für die Schwiegermutter finden. Es is Hauptsaison.« »Was woits? An Busfahrplan nach Innsbruck?« –, stand ein üppig bestückter Teller mit Platzerln. Und alle Befragten hatten lobende Worte gefunden. Mei, vieles sei ungewohnt gewesen, aber der Urs, der hätte ja gewusst, was er tat. Bei den Referenzen aus einem Nobelskiort in Graubünden. Allein was er für die Loipen getan hatte! Sie hatten sogar ein Loipengütesiegel erhalten. Sie waren auf dem Weg zu einer beliebten Langlaufdestination, aber klar: Viele kamen halt nur als Tagesgäste, brachten die Stullen selber mit, da blieb wenig hängen. Was man brauchte, waren einfach mehr Gäste, die eine Woche buchten oder wenigstens ein Wochenende. Momentan war voll, aber nach Silvester war wieder weniger Anlass zur Euphorie. Da war sie wieder, Kathis Theorie vom enttäuschten Vermieter.

Irmi saß am Küchentisch bei einem Kaffee, pulte sich lustlos ein paar Katzenhaare vom Pullover und dachte nach. Das Bild der gepflegten Loipen, das rote Blut im Schnee? Es war eine regelrechte Loipenhinrichtung, dieser Mord. Was, wenn ihr das irgendetwas sagen sollte? Man hatte den guten Urs nicht einfach so ermordet, sondern extra in der Loipe. Das war eine etwas verwegene Theorie, aber es war immerhin eine. Irmi hatte sich im Tourismusbüro einen Loipenplan mitgenommen, den entfaltete sie nun und beugte sich darüber. 35 Kilometer, klassisch und Skating in allen Schwierigkeitsgraden. Am Rand des Loipennetzes lag die Wichtel Alm. Irmi stutzte. Am Rande, warum führte da denn keine Loipe hin?

Der bärtige Wichtelwirt, der auch wie ein solcher aussah, ließ keinen Zweifel daran, was er von der schnöden Behandlung hielt. *Der Schweizer Hirsch, der! In Lau-Sanne studiert, der Depp. Was wui i mit Lau-Sanne!* Er hatte mehrfach um Loipenanschluss gebeten, was aber wegen der Steilheit des Geländes immer abgelehnt worden war. Da war aber auch ein Bichel drin, der war ja steigeisenverdächtig, wer wollte da denn mit diesen rutschigen Latten hinaufsteigen und, schlimmer noch, haltlos abfahren? Der Wichtel hatte ja immerhin eine Rodelbahn, und die war in ihrer Steilheit schon abenteuerlich genug. Der Wichtel hatte auch ein Gewehr, das Irmi einzog.

Es war aber nicht die Mordwaffe. Und er hatte ein Alibi. Er war am Mordtag mit ein paar Kumpels in Tirol drüben gewesen. In der Kneipe in Mösern hatten sie einen nachhaltigen Eindruck hinterlassen. Inklusive einer Anzeige wegen Sachbeschädigung. Vor allem an den Wichtel konnte sich der Wirt dort gut erinnern. Ein wasserdichtes Alibi.

Dennoch hatte Irmi irgendwie das Gefühl auf der richtigen Spur zu sein. Quasi auf der Loipenspur. Es musste etwas mit diesem Loipennetz zu tun haben. Sie kannte die Schleifen ja inzwischen fast auswendig. Und wieder einmal starrte sie auf den Plan. Der Ortsteil Winkel lag auch etwas abseits der Loipen. Sie folgte einem Impuls, und weil Kathi das sicher ziemlich lächerlich gefunden hätte, beschloss Irmi einfach mal eine Ortsbegehung zu machen. Ohne genau zu wissen, was sie eigentlich wollte. Sie fuhr bis kurz vor Winkel auf eine Anhöhe und sah hinab. Behäbige Bauernhäuser ruhten in verschneiten Obstgärten. Es war ein weiterer gleißender Wintertag, es war zudem Sonntag und die munteren Langläufer waren zuhauf in den Loipen. Ältere Herrschaften in Skioveralls aus der Mottenkiste, die sicher nicht atmungsaktiv waren, glitten gemessenen Schrittes. Da waren eine Anfängergruppe, die mit häufiger Rücklage purzelte, und dann diese zaunrackendürren, kängurusehnigen Hochleistungsskater, die nur so vorbeiflogen im Schlittschuhschritt. Das war sicher fatal für die Hüfte, dachte Irmi noch. Dann stutzte sie. Da war doch eine Loipe in Winkel – und die stand nicht im Loipenplan.

Sie schlenderte in den Weiler und wurde Zeugin, wie einer dieser Skater herzhaft an eine Holzbeig pisste. Sie hob ein Müsliriegelpapier auf und sah sich suchend um. Auf einem Hausbankerl vor einem schönen Bauernhaus saß ein Mann in einem dickem Wollpullover, der wohl vor dem Ersten Weltkrieg gestrickt worden war. Er blickte zwider. Er saß neben einem Weihnachtsbaum, an dem die Elektrokerzen ziemlich wild durcheinander hingen. Er blickte sogar sehr zwider. Irmi kam langsam näher.

»Ganz schön was los bei Ihnen.«

»Los? Des san Irre!«

»Soll aber sehr gesund sein.«

»Ja und die scheißn in mein Woid und pissen wie die Köter überall hi. Lassen ihren Abfall flackn. Wenn's ned bald taut, dann ...«

Er brach ab.

»Derschießen S' einen?«

Er zuckte zusammen. Irmi war auf der Hut. »Seit wann gibt es hier denn die Loipe? Die kenn ich gar nicht.«

»Seit der depperte Schweizer hier is. Nordisches Zentrum, dass i ned lach!« Er stand auf und ging wortlos ins Haus.

Das war ihr Mann! Irmi rannte fast zum Auto retour, fuhr in den Ort und klingelte die Mitarbeiterin des Wallisers heraus. »Frau Zunterer, entschuldigen Sie die sonntägliche Störung. Aber seit wann gibt es eine Loipe in Winkel?«

»Komisch, dass Sie das jetzt fragen! Die letzten Tage war der alte Fichtl mehrfach da und hat sich beschwert, dass wir ohne sein Wissen eine Loipe gespurt haben. Haben wir aber nicht! Das hat ihm der Urs«, sie schluckte schwer, »auch mehrfach gesagt. Aber er wollte das nicht glauben. War wie vernagelt, der Fichtl.«

Irmi hatte die Stirn gerunzelt. »Ja, aber so eine Loipe fällt doch nicht vom Himmel? Da braucht man meines Wissens ein Spurgerät, oder?«

»Ja, aber sie war eines Tages wirklich einfach so da. Eine Runde in Winkel, die Anschluss an das zentrale Loipennetz hat.«

»Und keiner hat sie gemacht? Eine Phantomloipe, oder was?«

»Wie ich sage: Die Gemeinde war es nicht. Auch keine der anderen Gemeinden!«

Irmi fuhr eilig in ihr Büro, Sonntag hin oder her. Der Grund, über den die Loipe lief, gehörte dem Rieger. Großbauer und Großkotz, Irmi kannte ihn von ihrem Bruder. Der Rieger war auch im Bauernverband. Hätte sich nicht eher der Rieger beschweren müssen? Es sei denn ... Sie rief Kathi an, die wenig später vor Ort war. Die Irmis Ausführungen lauschte und schließlich rief: »Na, Außerirdische werden die Loipe nicht gespurt haben!«

»Nein, aber jemand, der was davon hat.« Irmi wies auf

einen Namen im Unterkunftsverzeichnis. »Im Winkel 4, Familie Rieger, Urlaub auf dem Bauernhof. Der hat vier Ferienwohnungen. Da ist eine Loipe doch eine Attraktion. Und er ist ein geldgeiles Arschloch.«

»Irmi! Was für Worte!« Kathi lachte. »Aber kann man einfach so eine Loipe spuren?«

»Das fragen wir den!«

Beim Rieger war im Obstgarten ein Glühweinstand aufgebaut. Es gab auch Bier, Skiwasser, Kasbrote und Speck. Und Platzerl. Jede Menge. Fette Spitzbuben, Vanillekipferl groß wie Croissants. Der Rieger schenkte selber aus, die Geschäfte gingen prächtig.

»Hast du a Schanklizenz für so was?«, fragte Irmi.

»Ach, de Irmi! Welch Glanz! Interessiert des jetzt die Mordkommission?«

»Auch, uns interessiert vor allem, wo die Loipe herkommt!«

»Wuist Sport machen? Tät dir nicht schaden!« Er grinste frech.

»Obacht Bürscherl!«, kam es von Kathi. »Geh mer mal rein!«

Er stapfte zum Haus, ließ die Kommissarinnen in ein Büro eintreten und wartete im Türrahmen. Platz wurde ihnen keiner angeboten.

»Loipe?«

»Ja Himmelsakrament! Ich hab auf meinem Grund eine Loipe gespurt. Das ist nicht verboten!«

»Dein Nachbar bemängelt den Abfall und die Tatsache, dass es kein Klo gibt!«

»Der alte Rupi! Wie sei Voder und Großvoder und Urgroßvoder ist des a Loser. Drum hamm mir dem sein ganzen Grund aufkafft! I hoff, der stirbt bald, dann kaff i des Haus aa no. Die Dochter is froh, wenns weiter is.«

»Und drum hast beschlossen, den Rupi so zu ärgern, dass er früher ins Grab fährt?«, fragte Kathi.

Er lachte polternd. »Das kannt's ihr mir aber ned vorwerfen. Der schaugt immer no recht gsund aus.« Er wurde etwas ernster. »Irmi Mangold und die zuckersüße Kollegin: Ja, ich gestehe, ich habe eine Loipe angelegt. Wenn das strafbar ist, schickt's mir an Strafzettel. Kommt's!« Er polterte wieder hinaus und wies auf einen Bulldog. »Heckcontainer mit Schnee gefüllt und damit beschwert. Langlaufski mit Spanngurten befestigt. Ergibt ein pfenninggutes Loipenspurgerät.« Er drehte sich um und ließ die Kommissarinnen einfach stehen.

»Ja, geldgeiles Arschloch trifft es!«, rief Kathi. »Und jetzt?«

»Zu Fichtl.«

Der alte Fichtl saß wieder auf dem Bankerl. Starrte in Richtung der bunten Läufermeute. Die Sonne ging unter, es wurde schlagartig kalt. Irmi hatte Hunger, sie hatte gar keine Lust den restlichen Sonntag auch noch zu verschwenden. Da half nur ein Frontalangriff.

»Fichtl! Sie haben den Falschen erschossen. Der Urs Aufderblatten hat keine Loipe angelegt.«

Er sagte nichts.

»Der Rieger hat gespurt!«

»Wie gespurt?«

»Er hat eine Konstruktion mit Langlaufskiern an seinen Heckcontainer gebaut und gespurt. In der Nacht.«

»Der Rieger?«

»Ja, ihr Erzfeind. Auch weil er Sie ärgern wollte.«

Es war ihm anzusehen, dass in seinem Kopf etwas rotierte, dass etwas immer schneller wurde. Dann sah er Irmi aus seinen wässrigen Äuglein, die in tiefen Höhlen lagen, an.

»I woit den ned erschießn. Bloß erschreckn, I hob no nia ned was troffn, all die Johr ned. Der Lauf is so verzogen. I bi ausgrutscht und umgfoin. Da is der Schuss los. Des müssen S' mir glauben!«

Das glaubte ihm Irmi sofort, das entsprach auch dem Bericht der Kriminaltechnik, machte es aber nicht besser. Es war ungerecht, dieses Leben. Sie sah zum Zaun, wo gerade wieder einer heranskatete – und pisste.

EIN GESCHENK FÜR DEN NIKOLAUS

Werner Gerl

Gift, durchzuckte es mich, als sie mir das Champagnerglas reichte. Die klassische Waffe einer Frau verpackt in das geschlechtstypische Getränk, aus dem ich mir nebenbei gesagt wenig mache. Mein Veuve Clicquot wird wahlweise von Franziskaner, Augustiner oder Zieglerbräu hergestellt. Inmitten des Stimmengewirrs erklang ein feinzittriger Ton, als wir auf unsere letzte Zusammenarbeit anstießen. Tief blickte ich in Laras Augen, die dunkel wie Zartbitterschokolade waren und keine Regung verrieten. Dafür zeugte das spöttische Lächeln auf ihren Lippen noch von der Genugtuung, die ihr meine Erniedrigung vor versammelter Frauenschar bereitete. Und das war nur der Auftakt zu meiner Hinrichtung. Davon war ich überzeugt, doch ich erzähle die Geschichte besser von Anfang an.

Es mag unsympathisch klingen, aber ich sage es ganz ehrlich, ich arbeite nicht gern. Vier Jahre buckeln als Kfz-Mechaniker, das hat mir gereicht, vier Jahre in einer zugigen Werkstatt den ganzen Tag herumschrauben an Autos, die man sich für den eigenen Hungerlohn nicht leisten kann. Dazu ölimprägnierte Hände, sodass einen die Mädels abends kaum ranlassen, außer man schrubbt sich vorher die Haut von den Knochen. Was bleibt einem schon übrig, will man nicht unbedingt ein Hartzer werden?

Meinen ersten Einbruch landete ich bei meinem langjährigen Arbeitgeber, gewissermaßen als Abschiedsgeschenk. Viel gab es nicht zu holen, aber ich hatte einen Abnehmer, der gestohlene Autos reisetauglich machte. Schnell merkte ich, dass hier mein größtes Talent lag, und ich räumte ein Lager nach dem anderen aus, so lautlos, so phantomhaft, dass mich kein Mensch, auch nicht der ausgebuffteste Wachmann, bemerkte. Ein Dobermann jedoch schon. Die Bullen mussten mich in zwei Teilen verhaften, weil mir die Töle ein saftiges Stück aus dem Oberschenkel gebissen hatte.

Meine Anwältin boxte mich auf Bewährung raus und verschaffte mir einen neuen Job. Ihr ungewöhnliches Resozialisierungsprogramm bestand nämlich darin, mich gezielt auf den Diebstahl von Kunstwerken oder Schmuckstücken anzusetzen. Ja, Lara Gollinger war ein ausgekochtes Miststück, das nach außen hin die Fassade der gesetzestreuen Bürgerin wahrte, der engagierten Anwältin, die sich für die Entrechteten und Minderprivilegierten einsetzte, tatsächlich aber von einer unersättlichen Gier getrieben wurde und bei genauerer Betrachtung die Güte und Herzenswärme einer Tiefkühltruhe besaß.

Ich arbeitete jahrelang exklusiv für sie und verdiente mir damit eine goldene Nase. Und ein quasi goldenes Auto, das ich in meiner alten Werkstatt reparieren ließ, um mich an den neidischen Gesichtern zu weiden. Das bereitete mir im wahrsten Sinne des Wortes eine diebische Freude.

Lara war dem 17. Jahrhundert verfallen, dem Zeitalter der drallen Formen und goldenen Becher, der drolligen Putten und himmelwärts gewandten Heiligen, der Männer mit gepuderten Perücken und der Frauen mit Glöckchen als Nippelpiercing. Ich erledigte jeden Job zu ihrer vollsten Zufriedenheit, diskret und ohne Spuren zu hinterlassen. Diese lukrative wie fruchtbare Zusammenarbeit, so dachte ich, würde mich bis zu meiner Frühpensionierung in Lohn und Brot halten, doch da hatte ich mich leider getäuscht. Denn Lara bekam ein Angebot, das sie nicht abschlagen konnte. Ein Angebot, auf das sie seit Jahren hingearbeitet hatte, nämlich den Posten als Staatssekretärin im Justizministerium. Und das auch noch mit dem Zuständigkeitsbereich Strafrecht. Welch Ironie des Schicksals! Sie ist damit also Anklägerin und Verteidigerin in Personalunion.

Es versteht sich, dass sie von diesem Moment an seriös werden wollte und unsere Zusammenarbeit aufkündigte. Ich fühlte mich in meiner Existenz bedroht, schließlich konnte ich schlecht zum Arbeitsamt gehen und Arbeitslosengeld beantragen oder gar auf die Vermittlung weiterer Jobs hoffen. Einbrüche liegen meines Wissens nicht in dessen Servicebereich. Da sieht man wieder, wie spießig und konservativ diese Behörden sind.

Ich sah also meine Felle davonschwimmen, genauer gesagt meine Dreizimmerwohnung, die ich mir für ein Vermögen geleistet hatte. Nebenbei gesagt, was in München mittlerweile für eine heruntergekommene Bude mit tropfenden Wasserhähnen verlangt wird, grenzt an organisierter Kriminalität und sollte mit Gefängnis nicht unter fünf Jahren geahndet werden. Wenn ich Justizminister wäre, würden sich die Gefängnisse mit Immobilienhaien und Spekulanten füllen, dass es nachgerade amerikanische Dimensionen annähme. Aber Justitia ist bekanntlich blind, deshalb gelte ich kleiner Einbrecher als Delinquent und die Bauherren laufen frei herum.

Dabei habe ich ein soziales Herz. Die große Wohnung brauchte ich, um meine Schwester aufzunehmen. Maggy ist nämlich nicht clean zu bekommen. Trotz aller Bemühungen zieht sie sich noch immer jedes weiße Pulver die Nase hinauf, das nicht nach Persil riecht. Obwohl ich ihr immer wieder den Stoff wegnehme, findet sie Nachschub. In der Beziehung ist sie ein echtes Trüffelschweinchen. Sie wittert im Umkreis von einem Kilometer auch noch das kleinste Staubkörnchen Koks, Heroin oder was es noch so alles gibt.

Nun, meine Schwester ist auf jeden Fall nicht arbeitsfähig und muss von mir durchgefüttert werden. Aber wie soll ich das nun als Arbeitsloser ohne Ansprüche bewerkstelligen? Deshalb habe ich mich zu einer Dummheit hinreißen lassen. Ich habe versucht, Lara zu erpressen. Schließlich bin ich der einzige, der ihre dunkle Seite kennt. Ihr Blick hätte die Niagarafälle zum Gefrieren gebracht. Ich bekam eine Gänsehaut und das auch noch auf allen Organen und Innereien. Sofort ruderte ich zurück und stellte die Erpressung als Scherz dar, doch seither habe ich das Gefühl, dass Lara mich, den einzigen Zeugen ihrer kriminellen Ader, ausschalten will. Und was für eine Mordart läge für eine Barock-Liebhaberin näher als Gift?

Lara wollte einen endgültigen Schlussstrich, verlangte aber vorher noch einen letzten Job von mir. Und was für einen! Allein die Umstände waren mysteriös und machten mich stutzig. Doch was blieb mir übrig? Ich sollte in eine Villa in Bogenhausen einsteigen. So weit, so gehabt. Aber der Bruch sollte exakt um 21 Uhr erfolgen, weil die Eigentümer nur in einem schmalen Zeitfenster weg seien. Außerdem sollte ich mich als Nikolaus verkleiden, es war der sechste Dezember, und einen Sack mit Geschenken mit mir herumschleppen. Zur Tarnung und damit ich das Objekt ihrer Begierde unauffällig verstauen konnte. Wer würde schon an diesem heiligen Tag den Nikolaus filzen?

Ich stellte mein Auto in einer Seitenstraße ab, von wo aus ich die Villa sehen konnte. Wie Lara prophezeit hatte, erloschen die Lichter um 20 Uhr 50. Ich wartete noch ein paar Minuten, packte dann meinen Sack und machte mich auf, ein unheiliger Nikolaus auf Diebestour. Ich, normalerweise die Ruhe in Person, verspürte ein Kribbeln im Magen, als hätte ich einen Termitenhügel verspeist. Denn, da war ich mir sicher, Lara hatte etwas vor, etwas Unheilvolles. Vielleicht lauerte eine reißende Bestie in der Villa, ein Dobermann mit Schaum vor den rasierklingenscharfen Beißern. Oder in dem Haus residierte ein alter Stasi-Oberst, der sein Reich aus Gewohnheit mit Selbstschussanlagen und Tretminen gesichert hatte.

Bevor ich das Gartentor öffnete, blickte ich mich noch um, doch niemand war zu sehen. Im Handumdrehen hatte ich die Eingangstür geöffnet. Ich blieb kurz in der Garderobe stehen, um meine Augen an die Dunkelheit zu gewöhnen. Lara hatte mich genau instruiert. Sieben Schritte den Flur entlang, dann die erste Tür links. Lautlos schlich ich vorwärts, nur mein Herz tobte wie ein tollwütiger Gorilla. Schon glitt ich kaum merklich in das Wohnzimmer, noch vorsichtiger als sonst, da ich auf jede erdenkliche böse Überraschung gefasst war.

Der Safe befand sich schräg gegenüber der Tür ganz klassisch hinter einem alten Gemälde. Das hatte zumindest Lara behauptet. Vielleicht hatte sie dort eine Königskobra oder einen Selbstzerstörungsmechanismus platziert. Auf leisen Sohlen schlich ich weiter, als plötzlich Licht aufflammte. Grelles Licht für eine grelle Gesellschaft. Denn eine Horde ausgelassener Frauen kreischte plötzlich wild durcheinander. Sie klatschten und riefen etwas, das mir mehr Angst machte als eine Giftschlange.

»Habe ich euch zu viel versprochen, Mädels?«, fragte jemand in die Runde. Es war niemand anderes als Lara. Sie lächelte, die Teufelin. Und sie erhielt die Antwort, die sie hören wollte. Ich muss hier vorwegschicken, dass ich meinen jobbedingten Überfluss an Freizeit nicht mit Faulenzen oder – Gott bewahre – etwas so Stinkfadem wie Bücher lesen verbrachte, sondern zu einem guten Teil im Fitnessstudio. Dementsprechend gestählt ist mein Körper, meine Muskeln sind exakt definiert und nicht nur eins meiner zahlreichen Gspusi bezeichnete mich als bajuwarische Ausgabe eines California Dream Boys. Ich hatte jede Menge Erfahrungen mit Frauen, aber nicht in der Disziplin, die nun von mir verlangt wurde. Denn die Partygirls waren in ein rhythmisches Klatschen verfallen und hatten in einen Chor eingestimmt. Die beschickerten Mädels skandierten lauthals »Ausziehen, ausziehen!«. Dazu ertönte bereits die passende Musik aus der Anlage: »Sex Bomb« von Tom Jones. War das Laras Rache? Dass ich einen Striptease auf einer Frauenparty hinlegte? Das war auf jeden Fall harmloser als all meine Horrorvisionen. Also spielte ich das Spiel mit und bewegte mich im Rhythmus der Musik. Erst ein wenig hölzern, aber dann immer geschmeidiger und eleganter, ja, ich würde sogar sagen professioneller, zumal ich kein schlechter Tänzer bin.

Als Erstes zog ich meinen weißen, mit einem Gummiband befestigten Bart herab. Dann machte ich die beiden obersten Knöpfe auf, wiegte die Hüften lasziv zu Tom Jones' Hymne und ging zu einem blondierten Engelchen, dessen Champagner-Füllmenge locker schon bei mehr als einer Flasche lag. Sie hatte die Ehre, den rot-weißen Mantel bis zur Gürtellinie aufzuknöpfen.

Die Mädchen kreischten und johlten, das Engelchen blickte mich lüstern an, was ich noch anheizte, indem ich mich ein wenig an ihr rieb. Ich wippte wie ein Limbotänzer nach hinten und ließ meine erste Hülle fallen. Dabei purzelte meine Schnupftabakdose heraus, die ich eigentlich nur zur Oktoberfestzeit herauskrame. Aber ich fand sie zufällig vor meinem Aufbruch in Maggys Zimmer und steckte sie ein.

Was die Mädels zu sehen bekamen, dürfte sie erstaunt haben, so dies nicht der erste Männer-Strip in ihrem Leben war. Denn ich trug einen ausgewaschenen Pullover mit abblätterndem Metallica-Aufdruck, genau genommen das Covermotiv der »Master of Puppets«. Nicht eben das, was ein California Dream Boy als letzte Hülle über seinen Muskelberg stülpt. Genau genommen war es auch nicht die letzte Hülle, da ich noch ein ordinäres Unterhemd anhatte. Wenigstens kein Feinripp. Aber die Stimmung kochte bei jeder Entblößung noch mehr hoch.

Die Schuhe kickte ich in hohem Bogen durch die Luft, was dazu führte, dass ein paar Sektkelche den Weg alles Irdischen antraten. Mittlerweile war Tom Jones von Marvin Gay und seinem Hit »Let's get it on« abgelöst worden. Ein neuer Rhythmus, eine neue Bewegung und zwei neue Frauen, die mir an die Wäsche gingen. Und zwar wirklich an die Wäsche. Auch die erfüllte nicht die professionellen Erwartungen, aber das Donald Duck Muster konnte als ironische Brechung interpretiert werden. Als ich lediglich diese Boxershorts trug, die ich einst von meiner Schwester – kein Scherz – zu Weihnachten bekommen hatte, schnappte ich mir meine Nikolausmütze und stülpte sie vor meine männlichsten Teile. So provozierte ich die Ladys noch ein wenig und holte das letzte Kreischen aus ihnen heraus. Und ich spielte auf Zeit. Als schließlich der Song zu Ende war, verbeugte ich mich und erklärte die Show für beendet.

Für eine Sekunde erstarb jede Konversation und sämtliche Augenpaare starrten mich in einer Mischung aus Entsetzen und Ungläubigkeit an. Es war die kurze Ruhe vor dem Sturm. Klar, ich hatte die Meute zum Siedepunkt gebracht, jetzt wollten sie alles sehen. Der Orkan, der entbrannte, machte mir schnell deutlich, dass ich keine Wahl hatte. Also tat ich so, als hätte ich nur gescherzt, schnappte mir von einer Lady das Champagnerglas und ließ das Edelgetränk meine enthaarte Brust hinunterrinnen, bis es das Kleidungsstück nässte, das ich noch loswerden musste, wollte ich dieses Haus lebend verlassen. Ich tänzelte – mittlerweile lief ein Madonna-Song – zu einer Frau, die mir gierige Blicke zuwarf, eine ausgehungerte Wölfin auf der Suche nach Beute. Sie selbst sah scharf aus wie ein Bündel thailändischer Chilis. Ihr enges, weißglänzendes Kleid konnte ihre üppigen Rundungen nur mühsam im Zaum halten. Sie war schlicht zum Anbeißen. Ihr wurde die Ehre zuteil, mir das Comic-Höschen herunterzuziehen. Und sie tat es. Erst langsam, lustvoll, den Augenblick auskostend. Dann riss sie mir die Shorts bis zu den Knöcheln.

Über die folgenden Reaktionen, ob sie begeistert oder enttäuscht, verhalten oder euphorisch ausfielen, möchte ich den Mantel des Schweigens hüllen. Um mich wieder in den roten Mantel des Heiligen Nikolaus hüllen zu können, dauerte es aber noch eine Weile. Schließlich ging ich zu Lara, die mich spöttisch angrinste. In ihren Pupillen glänzte jedoch wieder ihr emotionales Gletschereis.

»Was soll das?«, stellte ich sie erbost zur Rede.

»Du hast Talent. Ich wollte dir nur eine neue Jobperspektive aufzeigen«, lächelte sie, das falsche Biest. »Und dich ein wenig bestrafen. Du weißt, wofür.«

Ich nickte schuldbewusst.

»Meine Freundin Irina feiert heute ihren Junggesellinnenabschied.« Sie deutete mit dem Kopf auf die heiße Braut mit den schwer zu bezähmenden Brüsten. »Du bist mein Geschenk. Aber heute am Nikolaustag bekommt jede ein Präsent. Die hast du übrigens in deinem Sack. In deinem Nikolaussack wohlgemerkt.«

Ich verdrehte die Augen ob dieser schlüpfrigen Zweideutigkeit, wenngleich ich zugeben musste, dass mir Irina gefiel. Sie kam mir sogar ein wenig bekannt vor. Ich glaubte mich zu erinnern, dass Lara sie vor Gericht herausgeboxt hatte, wusste aber nicht mehr, weswegen sie angeklagt worden war.

»Aber dein Job ist noch nicht erledigt.« Lara blickte mich durchdringend an. »Im ersten Stock befindet sich der Safe. Und darin etwas, das ich dringend brauche.«

»Du willst deine Freundin bestehlen?«

»Ja«, antwortete Lara emotionslos. »Außerdem merkt das Dummerchen eh nichts. Du wirst das Geschenk, das sie von ihrem Verlobten zur Hochzeit bekommt, nämlich austauschen. In deinem Nikolaussäckchen befindet sich ein Päckchen mit einer grünen Schleife und darin ein perfektes Duplikat des Diadems, das in meiner Sammlung nicht fehlen darf.«

Nur weil ich ihnen versprach, nicht die Mücke zu machen, ließen mich die Frauen unter Hinweis auf die Füllmenge meiner Blase ziehen. Sie hatten Verdacht geschöpft, denn ich hatte mich wieder in das Nikolausgewand gehüllt und meinen Sack an mich genommen. Statt auf die Toilette schlich ich jedoch in das von Lara beschriebene Zimmer. Schnell hatte ich den Safe gefunden, eines dieser angeblich nicht zu knackenden Teile. Lächerlich. Geschickte Finger und das perfekte Werkzeug genügen und nach zwei Minuten gab das Schloss jeglichen Widerstand auf. Mir blinkte und glänzte ein Diadem entgegen, wie ich es noch nie gesehen habe. Es war 1657 für die Hochzeit einer neapolitanischen Adeligen hergestellt worden. Was für ein

Wunderwerk der Goldschmiedekunst! Doch ich konnte mich nicht lange damit aufhalten, das edle Stück zu bewundern. Sogleich tauschte ich das Original gegen die Fälschung aus. Der restliche Inhalt des Safes war übrigens auch beachtlich. Bündelweise Bargeld, das reichen dürfte, um meine Wohnung abzubezahlen. Dazu ein Päckchen mit weißem Pulver, vermutlich geeignet, Maggys Nase zu erfreuen, und dann noch eine Knarre. So eine Automatik, die ganz schnell ganz viele hässliche Löcher in den Pelz brennt. Irinas Bräutigam musste ein reicher und misstrauischer Mensch sein.

Schnell schloss ich den Safe, verstaute das Beutestück und machte mich auf den Weg nach unten. Ich wurde von der Partymenge mit einigen Anzüglichkeiten begrüßt. Ein einfacher Augenkontakt genügte, um Lara den erfolgreichen Austausch zu bestätigen. Dann begann ich mit der Bescherung. Jede Frau erhielt ein mit ihrem Namen beschriftetes Päckchen, Lara natürlich das mit dem Diadem. Damit war meine Schuldigkeit getan und ich wandte mich zum Gehen. Doch da kam Lara auf mich zu. Mit dem verdächtigen Champagner in der Hand. Und es durchzuckte mich. Gift. Lara hatte bekommen, was sie wollte. Nun musste sie mich nur noch loswerden, mich, den einzigen lästigen Zeugen ihrer kriminellen Seite.

Mit einem mulmigen Gefühl nahm ich das Glas und nippte, ohne zu trinken, ich benetzte mir nur die Lippen, was Lara freilich nicht entging.

»Trink!«, befahl sie. »Auf unseren letzten Coup. Dann trennen sich unsere Wege. Für immer.« Lara versuchte zu lächeln, aber ich empfand jede Silbe, jeden Blick als Drohung. Vor allem den Zusatz »für immer«. »Trink«, sagte sie noch einmal mit Nachdruck. Mir wurde heiß. Da kam die Rettung in Gestalt des blondierten Engelchens. Die Frau war mit einem Schnapsglas und einer Flasche bewaffnet, hatte also keine Hand frei, dafür die Lippen, die sie dazu benutzte, mein Ohrläppchen wie einen Kaugummi zu behandeln. Dazu flüsterte sie mir Dinge in die Gehörgänge, die einem anständigen Menschen die Schamesröte ins Gesicht treiben würden.

Lara war kurz abgelenkt, was ich dazu nutzte, mit dem guten Veuve Clicquot die Zimmerpalme zu gießen. Dann wischte ich mir den Mund ab, als hätte ich wirklich getrunken, und ließ zur Verstärkung noch ein Bäuerchen los.

»Tschuldigung«, heuchelte ich, »aber auf Schampus muss ich immer rülpsen. Was hast du denn für einen edlen Tropfen dabei?«, fragte ich das Engelchen und hielt ihm mein leeres Glas hin, das sofort gefüllt wurde.

Es war Nusslikör, ein ganz widerliches Gesöff, aber wenigstens konnte ich mir sicher sein, dass es kein Gift enthielt, obwohl es tödlich schmeckte. Für einen gestandenen bayerischen Biertrinker zumindest.

Das blonde Engelchen war bereits völlig enthemmt und machte mich äußerst offensiv an. Ich war einem kurzen Abenteuer nicht abgeneigt, zumal es mich aus Laras Obhut befreit hätte. Kaum hatte ich dem Engelchen meine Bereitschaft erklärt, nahte bereits die Konkurrenz. Und die hatte an diesem Abend Vorrechte.

»Du gehörst mir«, hauchte Irina mit russischem Akzent. Ihre Katzenaugen fixierten mich und mit der Hand schob sie mich sanft aber bestimmt zum Ausgang.

»Ich dachte, du heiratest?«, stammelte ich ein wenig verlegen.

»Ein Grund mehr, meine letzte Nacht in Freiheit zu genießen.« Unbeirrt drängte sie mich aus dem Wohnzimmer. Widerstand war zwecklos.

»Wen heiratest du eigentlich?«, fragte ich sie schließlich,

als wir uns schon auf dem Weg nach oben ins Schlafzimmer befanden.

»Den kennst du nicht. Mauro Spinacci.«

Mauro Spinacci? Ich zuckte zusammen. Etwa der Mauro Spinacci, genannt Peanuts? Von wegen den würde ich nicht kennen. Der Kerl war in Unterweltkreisen bekannt wie ein bunter Wolpertinger. Ein Sizilianer, dem es in Palermo zu heiß und der deshalb nach Deutschland geschickt worden war, wo er nicht weniger wütete als in der Heimat. Wollte ich wirklich mit der Braut dieses gewalttätigen Irren ins Bett? Ich blieb stehen und äußerte meine Bedenken, dass es meiner Gesundheit abträglich wäre, mit der Braut eines Gangsters das Bett zu teilen.

»Mauro ist in Italien«, sagte Irina. »Und jetzt halt die Klappe.«

Als ich immer noch zögerte, hauchte sie mir etwas ins Ohr, was meinen Widerstand endgültig brach. »Nikolaus, lass mich deine Rute spüren.«

Irina versprühte eine Überdosis Erotik, gegen die selbst der keuscheste Mönch machtlos war. Wie sollte ich mich dagegen wehren? Außerdem sagte ich mir, wäre sie auch nicht scharf darauf, dass sie ihr Mafioso beim Fremdgehen erwischt. Der eifersüchtige Sizilianer würde schließlich nicht nur mich kräftig vermöbeln.

Kaum waren wir im Schlafzimmer angekommen, riss sie mir den Nikolausmantel herunter, meine anderen Oberteile lagen noch im Wohnzimmer. Meine Schnupftabakdose fiel wieder zu Boden, blieb aber heil. Das gute Stück. Mein Glas mit dem widerlichen Nusslikör stellte ich noch vorher auf der Kommode ab. Dann warf mich Irina aufs Bett und begann, mich weiter auszuziehen. Plötzlich hielt sie inne.

»Sorry«, sagte sie mit gänzlich unerregter Stimme, »aber

ich war Lara noch einen großen Gefallen schuldig. Sie hat mich vor einigen Jahren Knast bewahrt und mir das Leben gerettet.« Sogleich packte sie einen Träger ihres Kleids und riss ihn ab, sodass eine Brust herausquoll. Ich verstand die Welt nicht mehr. Was sollte dieses Theater? Dann drehte sie sich auf den Rücken und fing an zu schreien. Der Lärm allein war schon besorgniserregend, aber sie streute in ihr Gekreische auch das Wort »Vergewaltigung« ein. Ich versuchte sie erst zu beschwichtigen. Vergebens. Also hielt ich ihr den Mund zu, doch sie biss mich und wehrte sich. Als Mauro Spinacci das Zimmer stürmte, sah er einen bis auf die Unterhose entblößten Mann, der mit seiner Braut kämpfte. Für ihn bestand kein Zweifel, Irina würde vergewaltigt. Von wegen Mauro Spinacci war in Italien. Er war zu Hause und schlief im Nebenzimmer, da er gerade für seinen Patron eine anstrengende Nachtschicht einlegen musste, die erst um Mitternacht begann. Auf diese saubere Weise wollte mich Lara also loswerden.

»Bastardo«, brüllte Mauro und trat mir in die Seite, dass ich in hohem Bogen aus dem Bett fiel. Meine Beteuerungen, es handle sich um eine Falle und ein abgekartetes Spiel, blieben ungehört. Mauro glaubte erwartungsgemäß seiner wimmernden Verlobten.

»Du bisse eine tote Mann«, sagte er mit einer kalten Entschlossenheit, die an meinem baldigen Ableben keinen Zweifel aufkommen ließ. Allerdings war ihm bei dem mächtigen Tritt, den er mir verpasst hatte, die Pistole heruntergefallen. Und zwar direkt neben meine Schnupftabakdose, die er mit seiner Waffe aufhob.

»Snuffi?«, sagte er mit einem Anflug von Heiterkeit. »Du bisse eine echte Bavarese, eh? Weisse du was, ich erschieße dich und schnupfe auf dich eine Nase voll.« Dann öffnete Mauro Spinacci die Dose und schüttete sich ein Häufchen auf den Rücken der Hand, in der er die Pistole hielt. Ich stutzte. Mein Schnupftabak war klassisch braun, einer, der einem ein Hitler-Bärtchen auf die Oberlippe zauberte. Aber das Pulver, das sich Mauro gerade anrichtete, war weiß. Maggy, durchzuckte es mich. Was hatte sie da wieder einmal vor mir versteckt?

Der Mafioso zog sich eine gewaltige Prise die Nase hoch und schnaubte sogleich wie eine rachitischer Stier.

»Mamma mia, was isse das fur eine Snuffi!«, rief Mauro aus. Genau konnte ich ihm die Frage nicht beantworten, aber ich vermutete Heroin oder Crystal Meth. Mauro »Peanuts« Spinacci genehmigte sich auf jeden Fall sofort noch eine Ladung und verfiel daraufhin in ein gorillaartiges Brüllen. Die Droge hatte jedoch nicht nur sein Hirn benebelt, sie hatte auch einen gewaltigen Durst verursacht. Das einzige Getränk in Reichweite war allerdings mein Nusslikör, den er in einem Satz hinunterstürzte. Just in diesem Moment fiel mir ein, warum der Mafioso den Spitznamen Peanuts hatte. Weil er als Bambino von einem Erdnussbutter-Sandwich einen allergischen Schock erlitten hatte, der ihn fast das Leben gekostet hatte.

Während sich Mauro nach weiteren Getränken umsah, näherte sich seine Gesichtsfarbe bereits dem Rot meines Nikolausmantels an. Er atmete immer schwerer und seine Zunge begann, ihm beim Sprechen im Weg zu sein.

»Vaffanculo, was habe du gemacht?« Der Mafioso blickte mich mit weit aufgerissenen Augen an. Das mussten sie auch sein, sonst hätte er nämlich nichts mehr gesehen, so aufgedunsen war bereits das ganze Gesicht. Irina schrie hysterisch auf und lief ihm entgegen, um ihm zu helfen, doch Mauro stieß sie weg. »Puttana«, rief er undeutlich und hob die Waffe, doch er röchelte nur noch und konnte kaum mehr zielen. Also stand ich schnell auf und sprang über das Bett. Mauro versuchte, meiner Bewegung zu folgen und schoss. Sogleich wurde es leise in dem Zimmer. Denn mit dem Knall der Pistole erstarb das Kreischen Irinas. Die Kugel hatte ihre Stirn durchbohrt und die schöne, halbnackte Braut sank leblos auf das Bett.

Mauro, der mittlerweile wie ein Zombie aussah, schoss noch zweimal, traf aber nur die Lampe auf dem Nachtkästchen. Dann fiel er zu Boden, röchelte noch ein wenig und verstarb.

Schnell hüpfte ich in meine Nikolausklamotten, schnappte mir die Schnupftabakdose mit Maggys weißem Pulver und verließ in Windeseile erst das Zimmer und dann durch den Hinterausgang das Haus. So war zumindest mein erster Gedanke. Dann besann ich mich und machte noch einen kleinen Umweg.

»Unterwelt-Drama im Villenviertel« titelte ein Münchner Blatt tags darauf. Für die Polizei war der Fall trotz kleinerer Ungereimtheiten klar. Der bekannte Gangster Mauro »Peanuts« Spinacci erschoss im Drogenrausch seine Verlobte und starb dann an einem anaphylaktischen Schock. Dass das Diadem gefälscht war, fiel keinem auf. Der Besitz des Mafiosos wurde eh nur von der Polizei beschlagnahmt.

Lara schickte mir zu ihrer Amtseinführung eine Flasche Champagner. Aber der gute Tropfen wird nicht angerührt. Ich traue diesem Biest einfach nicht. Dafür habe ich mir selbst ein kleines Geschenk zum Nikolaustag gemacht. Und das kann man beim besten Willen nicht als Diebstahl bezeichnen. Denn das Geld in Mauro Spinaccis Safe wäre sonst nur von der Polizei konfisziert worden. Maggy und ich können es doch viel besser gebrauchen.

AUF DIE PLÄTZCHEN, FERTIG, MORD!

Gabriele Kiesl

Vorsichtig nahm ich die neueste Kreation unserer Konditoren vom Backpapier. Der rote Guss des Weihnachtsgebäcks war noch nicht ganz getrocknet und der klebrige Fondant tropfte auf meine Hände. Wie ein kleines Rinnsal schlängelte sich das süße Zeug hinab bis zu meinem Handgelenk. Mir fiel die Redewendung »Blut klebt an ihren Händen« ein. Ja, an meinen Händen klebt wahrhaftig Blut!, dachte ich und der gestrige Tag zog noch einmal an meinem geistigen Auge vorbei.

Es fing alles mit dieser geheimnisvollen Kurzmitteilung an.

Komm in unsere Bäckerei, aber schalte auf gar keinen Fall das Licht an!. Ich blickte irritiert auf mein Handydisplay.

Eigentlich war es ein Tag wie jeder andere. Ein Tag, an dem ich versuchte, mir ausnahmsweise mal nicht vorzustellen, dass ich bald die Ladentüre für immer verschließen musste. Fast zwanzig Jahre habe ich tagein, tagaus in diesem alten Laden verbracht. Er ist so etwas wie mein Zuhause geworden. Sämtliche Kunden kenne ich mit Vornamen. Manche kenne ich sogar von Kindesbeinen an und die meisten von ihnen haben mittlerweile selbst schon Kinder. Mein Herz wurde schwer bei dem Gedanken, dass ich ihnen nur noch selten begegnen würde. Ich zog gerade den Stapel Bäckerkisten hinter mir her, da entdeckte ich einen

Umschlag von unserer Produktion auf einem Laib Brot. Als ich ihn öffnete, purzelten mir ein paar neue Preisschilder entgegen. »Auch das noch!«, schimpfte ich und dachte an eine Preiserhöhung. Doch nicht die Preise hatten sich so kurz vor Weihnachten geändert, sondern die Produktbeschreibungen. Diese waren mittlerweile Pflicht und wurden nun anscheinend korrigiert. Unter den Preisen des Zuckergebäcks, das sich Christkindlstern, Elch, Krampus oder sonst wie nannte und meist mit allerhand knallig buntem Guss überzogen war, stand plötzlich ein eigenartiger Text: *Kann bei übermäßigem Verzehr die Aktivität und Aufmerksamkeit von Kindern beeinträchtigen.*

Was sollte das denn schon wieder? Den Schmarrn tu ich mir heute an meinem vorletzten Arbeitstag bestimmt nimma an. Des kenna die Großkopferten schön selber macha!, dachte ich verärgert. Ich schob die Schilder wieder zurück in den Umschlag und schüttelte verständnislos den Kopf.

»Was hast denn?« Meine jüngere Kollegin Ina, die mehr Herz als Verstand hat, interessierte sich für meinen Gemütszustand.

»Ach nichts. Nur a neue Idee unseres hochmotivierten Idioten!«, gab ich barsch zurück und widmete mich erneut meinen Weihnachtsplätzchen.

»Was is eam denn jetzt scho wieder eingfallen?«

»Dieser Trottel warnt jetzt vor unseren Platzerln!«, lachte ich und bemerkte dabei gar nicht, wie sich die Türe des Nebenraums öffnete und der *Trottel* eintrat.

»Um wen geht's hier grad?« Er hob fragend seine Augenbrauen.

»Äh, ich meinte den Zeitungsfutzel … den Dings … äh, den …«, stammelte ich vor mich hin.

Er trat dicht an mich heran und starrte mir mit versteinerter Miene in die Augen. »Zum Glück gehn's ma bald aus der Sicht, Grammel!«, hauchte er mir mit üblem Mundgeruch in mein Gesicht. Als ich nichts erwiderte, schrie er uns an: »Na, was is? Soll i den Laden selba eiramma, oder was? Dämliches Verkäuferpack!«

Grob griff er mit voller Hand in den Plätzchenteller, der auf der Theke stand, stopfte sich gierig das Gebäck in den Mund und ließ die Türe laut hinter sich ins Schloss fallen.

Ina sah mich wütend an. »Du hast's gut. Kannst dich bald schleichn. Und i? I muss mit dem Scheusal alloa weitermacha!«

Wir sahen ihm vom Schaufenster aus nach. Auf der gegenüberliegenden Straßenseite wartete schon seine blonde Geliebte, oder wie man hier in Bayern sagt, *sei Gspusi*!

Er flüsterte ihr kurz etwas ins Ohr. Sicher etwas Unanständiges, denn sie kicherte vergnügt und biss sich auf ihre vollen Lippen. Er machte kehrt und ging zurück in die Produktionshalle. Wahrscheinlich hatte der Trottel seine Autoschlüssel vergessen. Ich beobachtete sie, wie sie ihre lange Mähne selbstverliebt durch ihre Finger gleiten ließ. Und so jemand ist unsere Verkaufstrainerin, dachte ich. Sie war mindestens ebenso unsympathisch wie er selbst. Zumindest seit sie mit diesem Ekelpaket liiert war. Erst vor einem Vierteljahr durfte ich bei ihr eine Schulung absolvieren. »Aktion – Reaktion« nannte sich dieser Schwachsinn. Als wenn ich noch ein Verkaufstraining bräuchte. Bevor diese Ziege auch nur eine unserer günstigsten Semmeln verkauft, hätte ich unser gesamtes »sündhaft teures« Weihnachtssortiment veräußert. Meinen Einwand, dass es sicherlich nicht mehr vonnöten wäre, mich zu schulen, konterte sie damals schnippisch mit: »Sie brauchen dringend ein *Refreshing*! Setzen Sie Ihre Sprache als Instrument ein.«

Ich verstand nur Bahnhof.

»Na, vielleicht arbeiten wir besser erst einmal an Ihrer Körpersprache!«, antwortete sie genervt und blickte auf meine Hände, die ich in meine rundlichen Hüften gestemmt hatte.

Plötzlich stürmte Schorsch, unser Bäckerlehrling, zusammen mit unserem Konditormeister Holger in den Verkaufsraum und beförderte mich prompt wieder in die Gegenwart.

»Es ist schrecklich, einfach nur schrecklich!«, schrie Holger mit deutlich femininem Unterton.

Schorschi hingegen fing an zu stottern: »Er ... der hod ... überall Bluad!« Noch bevor ich etwas Genaueres aus ihm herausbekommen konnte, stand auch schon mein blutüberströmter Chef vor mir. Er hatte eine Stoffecke seines weißen T-Shirts um die rechte Hand gewickelt und schrie nach dem Verbandskasten. Ina lief hinüber zum Apothekerschrank und holte eine Mullbinde.

»Schneller, verdammt. Mach schneller!«, brüllte er.

Ina begann zu zittern und ich sah, wie sie den Tränen nahe war. Während ich ihr zu Hilfe eilte, riss er die Gefriertruhe im Nebenraum auf und hielt seine Hand hinein. Wahrscheinlich wollte der Trottel damit seine schmerzende Hand kühlen. Jedenfalls tropfte es auf die Verpackungen der eingefrorenen Laugenzöpferl, mich ekelte es bei dem Anblick. Hektisch entriss er Ina das Verbandszeug. »Du bist echt dumm wia Brot!«

»Dumm wia Brot!«, wiederholte er wie zu sich selbst.

Schnell wickelte er die Mullbinde um seine verletzte Hand und haute den Deckel der Truhe wieder zu. Er packte Ina grob an ihrem Kragen, machte eine Kopfbewegung in Richtung Truhe und zischte: »Saubermacha. Sofort!« Abermals verließ er hektisch den Raum.

Entgegen meiner Erwartung ließ er sein Gspusi am Straßenrand zurück und fuhr wutentbrannt mit quietschenden Reifen davon.

»Der hod si mit da Brotschneidemaschin gschnittn. Koa Ahnung, warum der glei bluad wia a abgestochene Sau!«

»Das ist nicht meine Welt! Ich kann hier nicht kreativ sein. Ich kann einfach nicht!«, stöhnte Holger und sah dabei aus, als ob er gleich kollabieren würde.

»Hoffentlich fährt er gegen an Baum!«, fügte Ina mit tränenerstickter Stimme hinzu und begann, das gefrorene Gebäck in eine andere Truhe umzuschichten.

»Ja, genau. Da Schlag solln treffen!«, fügte Schorsch aufgebracht hinzu.

»Jetzt is aber Schluss! Morgn is Heiligabend. Schamts eich, derartige Gedanken zum ham!«, ermahnte ich meine Kollegen.

Mit gesenktem Kopf begannen die drei langsam wieder ihre Arbeit aufzunehmen. Der restliche Arbeitstag verlief ohne große Vorkommnisse.

Zuhause machte ich es mir vor dem Fernseher gemütlich und ließ mich vom Vorweihnachtsprogramm berieseln. Ich wickelte mich in meine Wolldecke, setzte meinen alten Kater Fonsi auf meinen Schoss und zündete eine Kerze auf dem Couchtisch an. Langsam entspannte ich mich. In meiner Hand ein wärmendes Haferl Tee und auf dem gegenüberliegenden Fensterbrett? Ein vibrierendes Handy! Ich fluchte.

Komm in unsere Bäckerei, aber schalte auf gar keinen Fall das Licht an!, stand in der SMS.

Warum sollte ich heute Nacht noch mal in die Bäckerei kommen? Was sollte dieser Blödsinn? Ich versuchte Ina anzurufen, doch sie meldete sich nicht. Auch antwortete sie nicht auf meine SMS. Mir fiel mein Chef ein: »Dumm wia Brot!«

»Wo er recht hat, hat er recht!«, murmelte ich vor mich hin.

Vielleicht war es ganz gut, endlich in den Vorruhestand zu gehen. Eigentlich hatte ich ja noch ein paar Jahre aushalten wollen, doch mein Geldgeber war der Meinung, dass ich vorzeitig aussortiert gehöre. »Ich brauch was Attraktives hinter der Theke. Verstehn S' des, Grammel?«

Und wie ich verstand. Dieser notgeile alte Sack!

Ich sah mir die alte Weihnachtsschnulze zu Ende an und raffte mich danach widerwillig auf, schlupfte in meine »unattraktive« Jogginghose und schwang mich in meinen Wollmantel. Draußen war es zapfig kalt. Der Winter kam pünktlich zu Weihnachten in Pfaffenhofen an. Eine leichte Schneedecke knirschte unter meinen Füßen, als ich hinüber zur Backstube ging. Ich schlich um das Gebäude der Produktion und sperrte die Türe zum Personaleingang auf. Ich wunderte mich, ihn verschlossen vorzufinden. »Besser i schließ glei wieda ab. Net dass meinen nächtlichen Besuch no oana mitkriagt«, flüsterte ich vor mich hin. Rechts auf dem Fenstersims lag zu meinem Glück wie gewohnt eine rostige Taschenlampe. So trat ich in den Raum der Konditorei ein, leuchtete an den großen Arbeitstisch und erschrak. Schorschi, Holger und Ina standen mit blassen Mienen um den Tisch herum und sahen aus, als hätten sie einen Geist gesehen.

»Ja sagts amoi, spinnt's ihr?« Ich fasste mich ans Herz. »Was soll denn das?«

Ich bekam keine Antwort, nur hilfesuchende Blicke trafen mich. »Okay. Was is passiert? Was habt's angestellt? Und warum verdammt noch mal soll i koa Liacht omacha?«

»Mia waren's net!« Schorsch machte den Anfang.

»Nein, wirklich nicht!«, äffte ihn Holger nach.

»Was wart ihr net? Verdammt, jetzt redet's scho, oder wollt's ihr, dass da Chef uns nachts hier entdeckt?«

Ina fing hysterisch an zu lachen. »Da Chef?« Sie lachte weiter.

Holger eilte hinüber zum Waschbecken und übergab sich. Schorsch deutete in den Verkaufsraum und stammelte: »Dem is des wurst, glaubs ma!«

Apathisch, in Zeitlupentempo, ging ich in den Laden hinüber. Mir schwante nichts Gutes. Ängstlich folgten mir die anderen. Inas Lachen ging in ein weinerliches Schluchzen über. Ich schaute in die Runde meiner Kollegen und ihre Blicke richteten sich alle zeitgleich auf die Truhe, in der er heute Vormittag sein Blut hineintropfen ließ.

Ich nahm den Griff in meine Hand und schluckte. Erneut sah ich in die Gesichter meiner Kollegen. Holger drehte sich um. Schorsch würgte und Ina nickte mir auffordernd zu. Ruckartig riss ich den Deckel in die Höhe und erstarrte bei dem Anblick des Inhalts. Mein Chef lag tot in der Truhe. Sein Körper war zusammengekrümmt, seine Haut grau wie Beton und seine Augen starrten weit aufgerissen ins Leere. Mir stockte der Atem, als ich bemerkte, dass selbst die Pupillen glasig-grau angelaufen waren. Fassungslos ließ ich den Deckel wieder fallen und drehte mich um.

»Was habt ihr gmacht? Um Himmels Willen. Ihr habt ihn umbracht?« Ich nahm Ina bei den Schultern und schüttelte sie. »Bist du jetzt ganz deppert, Mädel?«

»Ich war's net. Ehrlich!« Hilfesuchend sah Ina zu den beiden Männern.

Schorsch und Holger blickten ebenso ängstlich drein wie Ina. »Mia warens a net, Maria. Wir wollten nur den Platzerlteig einfrieren und da ham wir ihn gfunden«, fügte Schorsch hinzu.

»Du warst schon weg. Wir wussten einfach nicht, was wir machen sollen. Es ist alles so schrecklich!«, flüsterte Holger.

Schorsch rollte mit den Augen.

»Ja, und dann ham ma beschlossen, des Ganze erst amoi mit dir zu besprechen und ham da a SMS gschickt«, plapperte Ina weiter. »Als wir ihn gfundn ham, hats drüben in da Konditorei gscheppert, da ham wir Angst kriagt und ganz schnell die Türn zuagsperrt und as Liacht ausgschoitn«, fuhr Ina fort.

Ich war fassungslos. »Des is doch koa Lagerfeuerabenteuer! Der Typ is ermordet wordn, oder moants ihr, dass der von selber in'd Truha gstiegen is?« Ich sah sie eindringlich an. »Habt ihr eich scho moi überlegt, dass, wenn ihr nichts damit zum doa habt's, der Mörder no frei rum lauft?« Bei dem Gedanken rang ich nach Luft.

»Seht ihr! Ich habe es euch doch gesagt. Wir hätten gleich die Polizei rufen sollen!« Holger war außer sich.

»Spinnst du? De dadn des bestimmt glei mia ind Schuah schiebn!«, konterte Schorsch.

»Aber nur, weil du in der Disco immer so raufen musst!«, warf Holger ihm vor.

»Jetzt seids doch amoi staad, ihr zwoa Deppen! Vielleicht hat er längst den Entschluss gfasst, uns ebenfalls um d' Eckn zu bringa!« Ich knipste die Taschenlampe aus.

»Oh!« Holger sackte theatralisch zusammen.

»Denkt nach. Wer außer uns hätt eam no an vorzeitigen Tod gwünscht?«, fragte ich ins Halbdunkle der Runde.

»Na a jeder! Er war a Arschloch!«, gab Schorsch barsch von sich.

»I bitt dich. Etwas mehr Respekt vor dem Totn!«, antwortete ich entsetzt.

»Der is mir doch jetzt scheißegal. Mir ham alle miteinader des Öfteren laut und deutlich klar gmacht, dass wir ihn gern tot sehn dadn. Was moants ihr, wer uns des glaubt, dass ma den scho tot gfunden ham? Ha?« Schorsch sprach aus, was ich dachte.

»Koa Sau!«, schrie Ina auf.

Manchmal ist si gar net so blöd!, kam es mir in den Sinn. Wir hatten weiß Gott ein riesiges Problem. Tausend Dinge gingen mir plötzlich durch den Kopf. Was, wenn sie uns verdächtigen würden?

Erwartungsvoll sahen mich die anderen an.

»Okay. Mia müssn jetzt zsammhaltn, verstehts?«, sagte ich bestimmt zu ihnen. »Zuerst müssen wir ihn loswerdn. Und zwar sofort!«

Sie nickten zustimmend und gemeinsam planten wir die Entsorgung der Leiche. Schnell einigten wir uns auf die Verbrennungsanlage. Hundertmal hatten wir um eine andere Lösung für die Retourenware gebeten. Wir hofften, den Chef eines Tages davon zu überzeugen, die nicht verkaufte Ware einem gemeinnützigen Verein zu überlassen. Doch die Verbrennungsanlage, die die Lebensmittel in Energie umwandelte, zahlte natürlich mehr als nichts. Daher schworen wir uns, nur noch einmal Profit aus den Altwaren zu ziehen und sie samt Chef zu verbrennen.

Schorsch schaltete die Backstraße an und die beiden Männer hievten den bereits halb steifgefrorenen Chef aufs Förderband.

Während des Backvorgangs fiel Holger erneut in Ohnmacht. Erwartungsvoll starrten wir auf den Ausgang am Band der Backstraße. Der Vorgang dauerte eine gefühlte Ewigkeit, doch wie uns die Zeitangabe am Display des Ofens verriet, musste unser »Produkt« jeden Moment das Band verlassen.

»Was hab ich doch nur für ein Glück! Ihr habt mir die

Arbeit abgenommen«, lachte plötzlich eine Frauenstimme hinter uns.

Es war Frau Bölke, die Verkaufstrainerin! Erschrocken schrien wir auf und starrten sie an. Ungeniert redete sie weiter. Holger bäumte sich kurz auf, um ebenso schnell wieder zurückzufallen.

»Dieser Mistkerl hat den Tod verdient!«, sagte die Bölke kalt. »Was schaut ihr so vorwurfsvoll? Seine Maßlosigkeit hat ihn umgebracht, nicht ich! Er selbst hatte die Wahl. Es war eine Art russisches Roulette!«, lachte sie schrill weiter. »Als hätten die Plätzchenmassen, die er heute verschlungen hat, nicht schon an Völlerei gereicht. Nein! Er musste ja in jeder Hinsicht alles verschlingen. Er konnte einfach nicht genug bekommen.« Sie fuhr sich mit den Fingern durch ihre lange Mähne. »Jeden Tag stieg ein anderes Flittchen in seinen Wagen. Er tat es ganz ungeniert. Er wusste, dass ich es mitbekam, doch es war ihm egal. Einfach scheißegal!«

Wir unterbrachen sie nicht. Uns fehlten die Worte.

»Als er heute zurück in die Bäckerei kam, am Hemdkragen noch Lippenstiftabdrücke, bemerkte er nicht einmal, dass er seine Hose nicht anständig hochgezogen hatte. Er hatte nur ein Ziel vor Augen. Nämlich erneut in die Plätzchendose zu greifen.« Sie lächelte angewidert. »Ich hatte einen Verdauungsschnaps der besonderen Art auf die Theke gestellt. Er musste sich kein Glas davon einschenken. Er musste nicht!« Sie starrte mir in die Augen, als ob sie sich von mir eine Absolution erhoffte. »Doch er tat, was ich vermutete. Er goss sich ein Glas ein, schüttete den Inhalt auf ex hinunter und rülpste laut auf.« Sie schaute mich weiterhin geistesabwesend an. »Das war der letzte Rülpser in seinem Leben!« Sie lachte abermals.

»Aber a Glaserl Schnaps bringt doch koan um!« Ich

ging auf sie zu und legte beruhigend meine Hand auf ihre Schulter. Sie tat mir plötzlich leid.

»Dieser schon!«, flüsterte sie und hob ein Schnapsflascherl in die Höhe. Ich nahm sie ihr aus der Hand und roch am Flaschenhals. Es roch stark nach Bittermandeln. »Um Himmels Willn. Sie ham ihn mit Blausäure vergiftet?« Ich starrte sie entsetzt an.

»Er hatte mich nicht einmal gefragt, ob ich auch ein Glas möchte. Verstehen Sie? Er hat mich nicht einmal gefragt!«

Sie ging zur Backstraße, blickte emotionslos auf den Ausgang und wendete sich der Leiche zu. »Du wusstest doch, dass meine Eltern einen Galvanikbetrieb haben. Nicht wahr, mein Schatz?«

Mir stand der Mund offen. Sie hatte tatsächlich den Schnaps mit Blausäure versetzt.

»Schade, dass es so schnell ging. Hätte ich gewusst, dass dich die Konzentration in Sekunden töten würde, dann hätte ich ein anderes Gift verwendet, du Schwein!« Sie grinste.

»Aber ... wie um Himmels Willn ham S' ihn allein in die Truhe legn kenna?«, fragte ich irritiert.

»Das, meine Liebe, schaffte der Trottel ganz von selbst!«, lachte sie triumphierend. »Zum Glück hatte irgendjemand die Truhe gesäubert und den Deckel offen stehen lassen. Als das Gift seine Wirkung zeigte, taumelte er zurück und fiel fast von selbst hinein. Es benötigte nur noch einen kleinen Schubser meinerseits. Deckel zu – Gefriertruhe an – AUS!« Sie genoss sichtlich ihren gedanklichen Rückblick.

»So. Aber nun zu euch. Ihr Idioten habt doch tatsächlich ganz ohne mein Zutun seine Leiche entsorgt. Ich fasse es nicht. Dankeschön!« Sie zwinkerte uns zu.

»Wir sitzen nun alle in einem Boot. Das macht es natürlich wesentlich leichter für mich«, ergänzte sie entspannt.

»Sogar Ihre Fingerabdrücke sind nun auf der Obstlerflasche!«, sie deutete auf mich. Ich blickte auf die Flasche in meiner Hand und verstand plötzlich, warum sie Handschuhe trug.

»Was meint ihr? Wir sollten gemeinsam an einem Strang ziehen und versuchen, den Laden aufrechtzuerhalten. Zufällig weiß ich, dass seine Eltern von seinen Eskapaden genug hatten. Sie überlegen schon seit Längerem, ihm einen Geschäftsführer vor die Nase zu setzen. Mit Sicherheit kann ich sie mit meinem Fachwissen von meiner Person überzeugen.«

Der scheintote Holger reckte plötzlich neugierig den Kopf. Wir blickten uns gegenseitig an und meine Kollegen nickten mir zu. »Na guad. Abgemacht. Aber nur, wenn wir alle lebnslang angstellt bleibn.« Ich streckte ihr die Hand entgegen. Sie streifte ihren rechten Handschuh ab und schlug ein.

Plötzlich dröhnte ein dunkles Grollen aus dem Ofen und die automatische Luke öffnete sich. Der Körper unseres ehemaligen Chefs glitt langsam aus dem Ofen und das Band beförderte ihn in die Schütte eines Auffangbehälters. Die Leiche ähnelte nun eher einem knackigen Gockerl als unserem Vorgesetzten. Durch den Aufprall auf den Boden des Metallbehälters brachen einige seiner verschmorten Finger mit einem leisen Knacken. Bevor Schorsch die restliche Retourenware über ihn schüttete, konnte ich mir eine letzte Bemerkung zum Abschied nicht verkneifen: »Sehen S', Frau Bölke, i hab doch koa Refreshing mehr nötig. Ich woaß no, wia's geht: *Aktion – Reaktion!*«

UNTERM BAUM

Roland Krause

E r trägt eine billige Weihnachtsmannmütze samt Filzpuschel auf dem Kopf. Eigentlich nichts Besonderes für Heiligabend – wenn dieser Kopf nicht, sauber vom Leib getrennt, auf einem schneebedeckten Grundstück in Münchner Norden platziert wäre. Der dazugehörige Torso fehlt.

Daneben, auf Augenhöhe mit dem bemützten Schädel, behauptet ein blutbesudelter Gartenzwerg seinen Platz, samt Rauschebart und geschultertem Sack. Das Stillleben wird von einer hoch aufragenden, lampenbehängten Tanne komplettiert.

Was für ein skurriles Ensemble, denkt sich der Hauptkommissar Sandner, wie er sich bückt, um dem Toten ins Antlitz zu schauen. Die starren Augen sind aufgerissen, der Mund zeigt noch ein »Oh«, als hätte der Mann gerade sein Geschenk ausgepackt.

»Ho Ho Ho«, wird der Mordermittler vom Gerichtsmediziner begrüßt, der sich neben ihm aufgebaut hat.

Der Sandner richtet sich auf.

Die beiden Männer werfen sich einen vielsagenden Blick zu. Der Polizist legt den Kopf in den Nacken, er ist kleiner und kompakter gebaut als der hagere Arzt, dafür aber noch mit dunkelblondem Haupthaar ausgestattet.

»Sauber«, sagt er bloß und verkneift sich die Frage nach der Todesursache oder gar den drittklassigen Spruch von der »schönen Bescherung«.

»Hier müsste auch der Tatort sein«, meint der Doktor, »passiert ist es, grob geschätzt, vor zwei Stunden.«

Der Sandner bemerkt die frischen Kerben am Baumstamm, mutmaßlich von einer Axt verursacht. Das Kabel für die Beleuchtung ist durchtrennt. Da könnte jemand versucht haben, die Tanne zu exekutieren oder den Berserker zu geben.

Der Polizist schnauft durch und beschaut sich das Gelände. Ein blitzsauberes Haus aus den Siebzigern kommt ihm ins Blickfeld, samt heckengeschorener Gartenlandschaft, alles picobello aufgeräumt, sortiert und gestriegelt.

In eine ruhige Ecke von München hat es den Mordermittler verschlagen, »dort wo die Straßen Vogelnamen haben«. Ringsgwandls Song vom »Gartennazi« kommt ihm in den Sinn.

Die Dämmerung hat bereits eingesetzt.

Am Jägerzaun, der das Grundstück umsäumt, drängen sich die Leute. Ordentlich zu Pärchen mittleren Alters sortiert harren sie aus, schweigend, Hälse reckend, die Kragen der Mäntel hochgeschlagen. Mutmaßlich Anwohner. Ihre Kinder haben sie verräumt. Bald wird es Bescherung geben. Ein geköpfter Weihnachtsmann wäre eine derbe Watschn für die Illusionen. Die Kurzen würden sich sorgenvoll fragen, ob heuer die Geschenke von einer Aushilfskraft herbeigeschafft würden.

Wenn der Hauptkommissar Sandner nicht wäre, müssten sie bei der Mordkommission zur Weihnachtszeit auch Personal leasen. Die übrigen Dienstverpflichteten hetzen stadtweit umher, um sich familiären Massakern zu widmen. Weihnachtsbetulichkeit und Haussegen sind ja, physisch betrachtet, zwei Pole, die sich gegenseitig abstoßen.

Weil die »staade Zeit« daherlärmt wie das Oktoberfest mit Glühweinausschank, hat der Sandner mit ihr nix am

Hut, auch wenn Mandelmakronen süßer schmecken als Einsamkeit. Trotzdem kann man ihm nicht unterstellen, dass ein geköpfter Weihnachtsmann für ihn eine willkommene Ablenkung wäre.

Mittlerweile ist der Schädel mit einem Tuch bedeckt, die Polizisten haben über ihm einen Pavillon zusammengesteckt. Strahler leuchten jeden Winkel aus. Nach zwei Stunden Schneetreiben sind verwertbare Spuren Mangelware. Immerhin hatte der Kopf eine Mütze auf.

Der Sandner schlendert zum Zaun und mustert die Umstehenden. Ein Mittvierziger mit kahl rasiertem Haupt ist gerade seinem SUV entstiegen und nähert sich mit forschem Schritt.

»Wie lang dauert das noch?«, will er wissen. »Ihr Fuhrpark versperrt mir den Weg.«

Sandners Antwort kommt beiläufig daher. »Gehn S' halt zu Fuß. Ist gesund. Hier ist gerade jemand zu Tode gekommen.«

Der Mann liftet die Augenbrauen und betrachtet sein Gegenüber, als wär's ein überfahrener Igel.

»Wundert mich nicht, dass so was mal passiert.«

»Und wer, bittschön, sind Sie?«, will der Hauptkommissar wissen und erfährt, dass der Mann mit Namen Rainer Prechtl gleich nebenan ein schmuckes Eigenheim bewohnt, aber nichts mitbekommen haben will. Erschüttert wirkt er nicht, nur ungehalten über die polizeilichen Verkehrsrowdys. Nachdem der Sandner ihm verkündet hat, er wäre bald an der Reihe, zwecks Aussage, trollt er sich.

Gerade als der Kriminaler sich dem Haus zuwenden will, ruft ihn ein Uniformierter vom angrenzenden Grundstück. Er steht vor einem offenen Schuppen und gestikuliert wild.

Zusammen mit dem spärlichen Ermittlergrüppchen macht sich der Hauptkommissar auf zum Nachbarhaus.

Neben ihm hatscht eine dralle Streifenpolizistin – rotbackiges Gesicht, die Arme herabhängend wie verwelkte Blumenstängel. Im Stakkato schnatternd füttert sie ihn mit Informationen.

Der Tote wäre der Hausbesitzer, ein Anwalt namens Horst Friede, vor zwei Jahren aus Wuppertal zugezogen, sechzig, verheiratet. Die Friedes wären bei Freunden zum Feiern gewesen, aber Herr Friede wäre noch mal nach Hause aufgebrochen, weil er ein Geschenk vergessen hatte. Als der Mann auch nach Stunden nicht mehr auftauchte und nicht erreichbar war, sei Frau Friede mit dem Taxi nach Hause. Dort wäre sie dann auf den Kopf ihres Gemahls gestoßen. Jetzt läge sie mit einem schweren Schock im Klinikum.

Als sie beim Schuppen angekommen sind, bringt sie der Anblick zum Schweigen. Inmitten von vermodernden Möbeln, Autoreifen und rostigen Kanistern, flackt Friedes Torso auf einer Schubkarre – auf seinem Bauch eine blutige Axt nebst Gartenhandschuhen aus Latex und Gummistiefel.

»Zeit für einen Hausbesuch«, meint der Sandner schließlich und wendet sich ab. Die weißgewandeten Spurensicherer machen sich, überdimensionierten Schneeflocken gleich, auf dem Grundstück breit.

Während der Sandner auf das zum Schuppen gehörige Wohnhaus zustapft, stellt er fest, dass hier ein anderer Wind weht als auf Friedes properem Gelände. Es scheint ein Sturm gewütet zu haben, der alles durcheinandergewirbelt hat.

Zwei Ordnungshüter eskortieren ihn, wohl damit er nicht zwischen Gerümpel verloren geht oder unter einer Mülllawine verschwindet.

»Moosleitner« steht auf dem verwitterten Emailschild. Die Klingel daneben ist funktionslos.

Der Sandner hämmert mit der Faust gegen die Tür.

Von drinnen hört man einen Fluch. Die Tür wird aufgerissen, und der Polizist sieht sich einer vollbärtigen Kreatur im fleckigen Pulli gegenüber, die mühelos mit ihrem Atemhauch den Umstehenden einen Vollrausch verpassen könnte.

Aber nicht deswegen springt der Sandner zurück.

Der Mann hat einen Fleischklopfer umklammert und reißt den Arm hoch.

»Mich bringt ihr nicht raus!«, brüllt er.

»Legen Sie das Trumm weg«, plärrt der Sandner zurück.

Hinter ihm fummeln die Uniformierten ihre Pistolen aus den Halftern.

Dem Hauptkommissar bricht der Schweiß aus.

Die beiden Männer starren sich in die Augen. Zusammengekniffen die einen, rotunterlaufen und wässrig die anderen.

Nach endlosen Sekunden lässt der Mann das Küchenwerkzeug sinken.

Er winkt ab, dreht sich um und verschwindet ins Innere seiner Wohnhöhle.

Der Sandner tappt ihm hinterdrein.

Durch das Halbdunkel des Flurs findet er zwischen prallgefüllten Plastiktüten, Flaschen und Krimskrams von unterschiedlichstem Zustand und Geruch die gute Stube. Dort hat sich der Bärtige auf einem Kanapee ausgestreckt.

»Hauptkommissar Sandner. Wir müssen uns unterhalten«, raunzt der Kriminaler ihn an. »Wann haben Sie Ihren Nachbarn, den Herrn Friede, zum letzten Mal gesehen?«

Der Mann schlägt langsam die Äuglein auf. »Sie sind ja immer noch da. Lassen S' mir meine Ruh!«

Der Sandner beäugt den Fleischklopfer, der inmitten einer Bierflaschenarmada vor dem Sofa liegt.

»Der Friede?«, knurrt der Mann ihn an. »Hat der verreckte Dreckhammel Sie gerufen? Kommens jetzt jede Woche?«

»Aktuell liegt der Herr Friede bei Ihnen im Schuppen.«

»Was macht der da? Der soll schleunigst schauen, dass er rauskommt, sonst schlag ich ihm das Kreuz ab, dem Sauhund!«

»Das ist nimmer nötig. Der Herr Friede ist nicht freiwillig reinspaziert. Der ist tot – ermordet. Ich schätz, Sie werden mitkommen müssen. Das wird ein längeres Gespräch.«

Der Moosleitner fährt sich mit der Hand übers Gesicht.

»Verreckt sagen Sie? In meinem Schuppen?«

Der Polizist nickt stumm.

Mühsam kommt der Alte in die Horizontale.

Der Sandner öffnet ein Fenster und inhaliert erleichtert einen Zug frischer Winterluft.

Wie er sich wieder umdreht, versucht der Moosleitner sich gerade vergeblich darin, seine Schnürsenkel zuzubinden.

Mit einem »Herrgottsakrament« gibt er letztlich auf.

»Gemma«, sagt er und ist schon draußen bei der Tür.

Er wird gleich in einem Streifenwagen verstaut und vom Sandner wird dessen Fahrer angewiesen, wie mit dem Moosleitner zu verfahren ist. Der Angesprochene schaut mürrisch drein. Das bärtige Bierfassl könnte ihm die Karre vollspeien. Immerhin hat er ein Duftbäumchen am Spiegel baumeln. Erdbeere.

Der Moosleitner dreht sich nach ihm um, wie der Wagen mit Blaulicht abrauscht. In seinem Blick liest der Ermittler außer dem Suff ein großes, sorgenumrandetes Fragezeichen.

Mit Erinnerungen ist es wie mit Fischen. Wenn sie nicht frisch sind, stinken sie.

Der Sandner beschließt, weil ja Heiligabend ist, den Nachbarn Hausbesuche abzustatten. Christkind der anderen Art. Er will ein Gespür kriegen, für die Atmosphäre, wie es sich hier lebt. Ist der Moosleitner bloß ein dickschädeliger Misanthrop oder ein gewalttätiger Suffkopf? Und wie friedlich war eigentlich der Herr Friede?

Im Haus gegenüber fängt er an. Auf sein Läuten wird ihm sofort geöffnet, als hätte der Mann hinter der Tür gelauert. »Polizei«, vermutet er, bevor der Sandner seinen Ausweis herausgezogen hat. Die Weihnachtsstimmung ist hier nicht eingekehrt. Kein Tannenzweig, kein Gebäck, kein Strohstern. Offenbar kinderlos.

Der Mann, der sich als Rüdiger Rösler vorstellt, führt ihn ins düstere Wohnzimmer.

»Das hat so kommen müssen«, murmelt er, kaum dass sich der Sandner auf der Cordcouch niederlässt. Das hört der heute schon zum zweiten Mal.

»Wie ist es denn gekommen?«, fragt er den Mann.

Der schaut ihn verdutzt an. »Na ja, ich meine das mit dem Moosleitner und dem Friede.«

»Erklären Sie mir das«, ermuntert ihn der Polizist.

»Das hat vor zwei Jahren angefangen. Kaum war der Friede eingezogen, sind sie aufeinander los wie die Kampfhähne.«

»Streit unter Nachbarn also.«

»Streit?« Der Rösler lacht auf. »Das war Krieg. Haben Sie gesehen, wie der Moosleitner haust? Eine arme Sau. Seit seine Frau im Pflegeheim dahindämmert, ist der völlig verhaut. Macht nix mehr und säuft bloß noch.«

»Und wieso hat das den Friede gestört?«

»Das Grundstück ist eine Müllhalde, das stinkt und lockt die Ratten und Ungeziefer an – und überhaupt. Der Friede hat ihn eifrig verklagt. Die Polizei war da, das Ordnungsamt, das Gesundheitsamt – sie haben dem Moosleitner eingeheizt.«

»Und wie hat der darauf reagiert?«

»Wie schon? Wenn er besoffen war, hat er randaliert vor Friedes Haus. Also beinahe täglich.«

»Gab es gerade jetzt einen besonderen Anlass? Ich meine, was ist mit dem Weihnachtsbaum im Garten?«

»Der hat den Moosleitner gestört. Der würde ihm in die Stube leuchten in der Nacht, hat er geplärrt. Den haut er um.«

»Da schau her«, murmelt der Sandner. »Leben Sie hier allein?«, fragt er den Hausherren plötzlich.

»Mit meiner Frau. Aber die fühlt sich gerade nicht wohl.«

»Dann werden wir sie demnächst befragen. Haben Sie denn heute was Besonderes bemerkt, irgendwas gesehen?«

Der Mann schaut nachdenklich zur Decke, doch die gibt keine Antwort. Er schüttelt stumm den Kopf.

»Wo waren Sie denn vor zwei Stunden?«

»Zu Hause. Ich hab mich um meine Frau gekümmert.«

»Kein Geschrei gehört? Keinen Streit?«

»Ich habe schallisolierte Fenster.«

Der Mann nickt dem Sandner zu. »Wenn nichts mehr wäre, würd ich gern nach meiner Frau schauen.«

Der Kriminaler erhebt sich. »Sagen Sie ihr, sie soll sich bei uns melden, wenn es wieder besser geht – frohes Fest.«

Vor der Haustür schaut der Sandner zurück. Kein Lichtschein dringt nach draußen. Überall verbergen Rollläden die Fenster. Friedes Domizil liegt in Schneeballwurfweite.

Ein Haus weiter macht ihm eine junge Frau auf und lächelt ihn routiniert-strahlend an, als wäre er der Ehrengast.

Knochige Spinnenfinger recken sich ihm entgegen, die eingefallenen Wangen sind mit Rouge bekleistert. Ihr Festmahl wird aus einem essigbetupften Salatblatt bestehen.

Aus dem Hintergrund hört er Kinder glucksen und einen Knabenchor, der digital »Vom Himmel hoch …« jodelt.

Unschön wäre das, sagt die Frau und führt ihn ins Arbeitszimmer. Die Kinder sollten es nicht wissen, meint sie noch, das könne sie traumatisieren. Sie wären auch nicht draußen gewesen und hätten nichts mitbekommen.

»Und Sie?«, fragt der Sandner, während sich ein Mann zu ihnen gesellt. Er trägt einen Kaschmirpulli nebst Seidentüchlein und das Lächeln seiner Frau. Synchron schütteln sie die Köpfe. Auch sie bekunden dem Sandner, das hätte ja so kommen müssen. Der Moosleitner wäre ein Außenseiter, eine kaputte Existenz, der hier nicht reingepasst hätte. Als sie letztes Jahr das Haus gekauft hätten, wäre der Ärger zwischen ihm und Friede schon im Gange gewesen. Aber mit Friede wäre es auch nicht einfach gewesen.

»Nicht einfach?«, hakt der Sandner nach.

Das Paar wirft sich einen Blick zu.

»Es gibt niemanden hier, der nicht schon von Friede verklagt worden wäre. Auch wir. Kinderlärm, Ruhestörung etc. Unser Jonas hat mal seinen Ball zurückgeholt aus Friedes Garten und wohl den Flieder zerzaust.«

Der Mann verzieht das Gesicht. »Sofort lag ein anwaltliches Schreiben im Briefkasten. Er wollte Schadensersatz. Ich kann es Ihnen zeigen, wenn Sie wollen. Es ist nicht das erste.«

Der Sandner winkt ab.

»Haben Sie ihn mal zur Rede gestellt?«

Der Mann wirft seiner mageren Gattin einen unsicheren Blick zu und schüttelt den Kopf.

»Nein«, stößt er hervor und sein Blick geht ins Leere.

»Und auf den Moosleitner hat sich Herr Friede besonders eingeschossen?«, fragt er.

Wieder nicken beide.

»Aber bei diesem Moosleitner, wie soll ich es sagen – das war in Ordnung, den in die Grenzen zu weisen«, sagt die Frau. »Dieses dubiose Subjekt haust ja wie ein Tier. Man muss an den Schutz der Kinder denken.«

Diesmal nickt der Sandner wissend.

»Wo waren Sie denn vor zwei Stunden?«, will er wissen.

»Wir sind spazieren gegangen, haben Kaffee getrunken«, sagt die Frau. »Und dann war ich mit dem Braten beschäftigt.«

Sie schaut auffordernd auf ihren Mann.

»Ja«, sagt der und seine Wangenfarbe passt sich ihrer an, »Vorbereitung auf's Fest, Sie können sich ja vorstellen, wie das ist. Eine Menge zu tun. Die Kinder …«

Ein Mädchen kommt herbeigelaufen. Blond gelockt, pausbäckig, im blütenweißen Spitzenkleidchen.

»Hallo«, sagt sie zum Sandner und streckt ihm ihre Hand entgegen. Er wartet auf ihren Knicks, der Gott sei Dank nicht kommt. Ihre Mutter sendet ihm einen beschwörenden Blick.

»Hallo, frohes Fest«, sagt der Hauptkommissar.

»Ich heiße Jasmin Kalubke«, sagt das Mädchen artig. »Feiern Sie mit uns Weihnachten?« Sie schaut skeptisch auf seine geschenkleeren Hände.

»Nein, der Herr Sandner muss leider wieder weg«, sagt ihre Mutter und trippelt Richtung Tür.

Ein strenggescheitelter Neunjähriger jagt herbei, schwenkt eine Taschenlampe und leuchtet dem Vater die Visage aus. Der hält sich die Hand vor die Augen.

»Du sollst niemanden blenden. Mach sie aus, sonst halten die Batterien nicht«, mahnt der.

Der Bursche schwenkt den Strahl auf seine Schwester.

»Laserschwert an«, ruft er, »Zsssummm, du bist tot!«

Wie auf Knopfdruck jammert Blondlöckchen los und klammert sich an die Mutter.

Der Sandner zieht sich dezent zurück. Die entfernteren Häuser überlässt er den Uniformierten. Freunde schien sich Friede nicht gemacht zu haben. Aber dass er am helllichten Tag geköpft wurde und keiner etwas mitbekam, will dem Sandner nicht recht einleuchten.

Höchste Zeit sich mit dem Moosleitner zu beschäftigen. Es war seine Axt, seine Schubkarre, sein Schuppen, seine Stiefel und sein Streit. War es auch seine Leiche?

Mit dieser Frage im Kopf sitzt der Sandner eine halbe Stunde später dem Verdächtigen gegenüber. Das Vernehmungszimmer stinkt wie ein Schnapsladen nach einem Erdbeben. Mindestens zwei Promille ergab Moosleitners Alkoholtest. Mit so einem Fetzenrausch ist die Vernehmung wertloser als griechische Staatsanleihen. Da kommt jeder Anwalt zum Höhepunkt. Trotzdem – der Sandner will den Fall nicht erkalten lassen.

»Seit der Herr Friede eingezogen ist, haben Sie beide gestritten«, stellt er fest.

»Ich hab nicht gestritten«, protestiert der Moosleitner. »Der hat mich verfolgt mit seinem Schmarrn. Verklagt hat er mich dauernd. Ich hab das Geschmier gar nicht mehr gelesen.«

»Und Sie? Ich hab hier einen prallen Ordner mit Anzeigen wegen Beleidigung, Bedrohung und tätlichem Angriff.«

Der Moosleitner zuckt mit den Schultern.

»Was hätten Sie denn gemacht, frag ich Sie?«

»Ich? Wenn ich jeden köpfen würde, der mich ärgert,

gäb's in München keine Wohnungsnot«, sagt der Sandner. »Sie rasten schnell aus. Mir wollten Sie auch das Fleisch weichklopfen.«

»Ach Schmarrn. Das war ...«

Moosleitners Antwort geht in einem Hustenanfall unter.

»Und die Tanne im Garten?«, will der Sandner wissen.

»Was soll mit dem gschissenen Baum sein?«

»Ich sag Ihnen, was passiert ist. Die Tannenbeleuchtung hat Sie genervt. Die macht Ihnen die Stube hell. Als Sie gesehen haben, wie die Friedes weg sind, sind Sie los, um die Tanne umzuhauen. Aber Überraschung! Herr Friede ist aufgetaucht. Es gab Streit und Sie haben die Axt geschwungen.«

»Der damische Uhu hat jede Weihnacht sein Haus rausgeputzt, als wär das Jesuskind grad bei ihm geboren. Es hat geblinkt und geleuchtet wie ein Puff zur Stoßzeit. Verstehn S'?«

»Ich versteh. Sie wollten nicht ihn, nur den Baum umhauen.«

»Glauben Sie doch, was Sie wollen. Ich hab geschlafen.«

»Vielleicht erinnern Sie sich nicht mehr. Filmriss.«

Der Mann schaut hoch und brüllt los: »Meinen Sie, das würd mir entfallen, wenn ich einem den Schädel runterhau? So wie man nimmer weiß, wo man den Schlüssel hingelegt hat?«

Er stützt den Kopf mit den Armen und stiert vor sich hin.

»Jetzt sag ich Ihnen was über die Bagage. Gegenüber vom Friede wohnt die Familie Kalubke. Die Frau Kalubke ist kein Weib – des is ein Hackbrett. Nimmst zwei Klöppel, dann kannst auf ihrem Gebein einen Landler spielen.«

»Reißen Sie sich zam, Moosleitner.«

»Weil es wahr ist! Und wie meine Irmi so verwirrt war,

dass sie im Winter in Schlappen und Nachthemd unterwegs gewesen ist, und ich nicht da war – meinen Sie, die dürre Matz hätte geholfen? Die hat ihre Tür verrammelt, als wäre meine Irmi ein wildes Viech. Und die Rösler vom Nebenhaus? Traut sich nur in der Nacht raus, als möcht sie dein Blut saugen. Gräfin Dracula, verstehen S'? Am Tag sind die Vorhänge zu, du siehst nix und hörst nix. Da wird's in ihrem Sarg liegen.«

Der Sandner winkt ab. Geschenkt.

»Fehlt noch die Perle vom Friede. Ich hab gesehen, wie sie im Hausflur der feine Herr Prechtl abgeschmust hat. Der wohnt nebenan. Ja, wenn du noch knusprig bist wie ein Brathendl und der Gatte zwanzig Jahre älter und so ein Haderlump, wer will's dir verdenken? Jetzt hat sie ein schönes Haus und ihre Ruh vor dem Deppen.«

Der Moosleitner hat sich in Rage geredet. Der Kopf nimmt die knallrote Färbung seiner Knollennase an.

Der Sandner ist bedient.

»Von mir aus haust da eine Wildsauenrotte, Moosleitner«, meint er. »Friedes Leiche war in Ihrem Schuppen. Ihr Motiv ist Tabellenführer, und ihr Kanapee taugt nix als Alibi.«

Sein Gegenüber greift sich beidhändig an den Schädel, als wolle er sich vergewissern, dass er noch draufsitzt, schüttelt ihn und stöhnt auf.

»Ich war's nicht! Herrschaft, mir platzt gleich die Rübe. Sperrt mich halt endlich weg. Is auch schon wurscht.«

Bevor dem Sandner der Gedanke sympathisch wird, verlässt er den Raum. Der Moosleitner wird hinter Gittern ausnüchtern.

Eine Stunde später steht der Ermittler wieder unter Friedes Tannenbaum. Er will es genau wissen, Licht ins Dunkel bringen. Zuerst kümmert er sich um das zerschnittene Kabel der Christbaumbeleuchtung. Er müht sich eine Weile ab, bis die Umgebung schließlich taghell erstrahlt. Der Friede hatte die Tanne mit mindestens fünfzig Glühbirnen gespickt.

Der Sandner wendet sich Moosleitners Behausung zu.

Drinnen reißt er alle Vorhänge auf. Generationenalter Staub hüllt ihn ein, langbeinige Spinnen suchen flugs neue Verstecke.

Der Polizist löscht das Licht. Es ist stockdunkel. Vor den Fenstern halten das aufgehäufte Gerümpel und ein Holunderbusch jeden Lichtstrahl von Friedes Christbaum ab.

So schaut's aus.

Wie er wieder nach draußen kommt, nimmt er von Friedes Grundstück eine Bewegung war. Schlich da jemand herum oder hatte er sich getäuscht? Ein Tier?

Er bückt sich hinter eine Holzkiste und lauscht mit angehaltenem Atem.

Die Lichter am Baum gehen schlagartig aus.

Der Sandner schleicht sich zum Gartentürl.

Die Scharniere schreien auf wie gequälte Katzen.

Wie aus dem Nichts taucht eine Gestalt in dunklem Kapuzenpulli auf. Sie hechtet über Friedes Jägerzaun und hetzt den Weg entlang.

»Herrschaftsverreck!«, stöhnt der Sandner auf und rennt los. Der Vorsprung der schwarzen Gestalt ist zu groß. Zwischen den Grundstücken verschwindet sie im Dunklen.

Der Ermittler bleibt schnaufend zurück.

Er blickt sich um. Langsam geht er über die Zufahrtsstraße und sucht sich sein Plätzchen bei den Nachbarhäusern. Er hat eine Ahnung. Sollte die stimmen, wird er nicht allzu lang warten müssen. Hinter einem Strauch geht er in die Hocke. Ihn fröstelt. Der Wind wirbelt Schneeflocken umher und bläst sie ihm ins Gesicht. Seine Knie protestieren.

Es dauert eine geschlagene Viertelstunde, bis er endlich Schritte hört. Sie kommen näher. Der Sandner gibt die lauernde Spinne. Ja, komm her!

Er wartet ab, bis die Gestalt vor der Haustür steht und nach dem Schlüssel kramt. Mit einem Satz springt er hervor.

Die Gestalt wirbelt herum und erstarrt zur Säule.

Der Sandner zückt die Taschenlampe und leuchtet ihr ins Gesicht. Zsssummm, denkt er, hab dich!

»Ja, da schau her, der Herr Rösler!«

Einen gehetzten Blick wirft ihm der Angesprochene zu.

»Was soll das?«, quäkt er. »Ich hab nur einen Spaziergang gemacht.«

»Allüberall auf den Tannenspitzen«, psalmiert der Sandner. »Aber die Lichter sind pures Gift für Ihre Frau. Ich hab mich schlau gemacht. Sie leidet unter Fotophobie, oder? Der Moosleitner hat mich auf die Spur gebracht.«

Eigentlich ist auch Kalubkes Sohn verantwortlich für die Eingebung, aber dass hätte der Rösler nicht begriffen.

»Ja, na und?«, murmelt der.

»Sie haben mich angelogen. Den Moosleitner hat der Baum nicht gejuckt. Aber Sie. Deswegen haben Sie gerade die Lichter wieder ausgeknipst. Sie konnten es nicht aushalten.«

Der Mann presst die Lippen zusammen und schweigt.

»So wie schon einmal – mit der Axt«, ergänzt der Polizist.

Jetzt kommt Bewegung in den Rösler. Er ringt die Hände.

»Nein, nein!«, plärrt er. »Das war doch der Moosleitner!«

»Freilich, der Moosleitner mit seinem Suff kam gelegen.«

»Mir können Sie nichts beweisen.«

»Wissen Sie, die Handschuhe und Gummistiefel zu nehmen, war ein Fehler. Da findet sich garantiert genetisches Material von Ihnen. Die Kriminaltechniker sind ausgefuchst. Aus der Geschichte kommen Sie nicht mehr raus.«

Schweißperlen überziehen Röslers Stirn. Seine Fäuste hat er geballt. Der Adamsapfel gibt den Flummi.

»Sie haben keine Ahnung, was es bedeutet, lichtempfindlich zu sein«, bellt er den Sandner an. »Es ist die Hölle! Und die Ärzte sind machtlos. Der Friede hat nicht mit sich reden lassen. Die ganze Nacht hat er den Baum brennen lassen. Seit dem ersten Dezember. Direkt bei uns ins Wohnzimmer hat er reingestrahlt. Er könne nix dafür, dass meine Frau ein Nachtgespenst sei, hat er gesagt, der Drecksack. Ich musste alles verrammeln. Meine Frau ist halb wahnsinnig geworden. Das hält doch niemand aus!«

»Und Sie wollten den Baum fällen.«

»Der Kalubke hatte die Idee. Hau ihm doch einfach die Tanne um, hat er gemeint. Ich hab ja nicht ahnen können, dass der Friede zurückkommt. Wie der gefeixt hat! Das würde mir leidtun. Der steht da und lacht sich eins, der Mistkerl.«

»Und dann haben Sie zugeschlagen.«

»Ich hab einfach rot gesehen. Nur noch zack und zack. Und dann war es passiert. Ich bin dagestanden wie gelähmt. Fix und fertig. Ich hab ihn nicht erschlagen wollen.«

»Aber Sie wollten den Mord dem Moosleitner in die Schuhe schieben, so wie sie es mit der gefällten Tanne vorhatten.«

»Nein, ich nicht. Der Prechtl ist gekommen und hat die Schubkarre aus Moosleitners Schuppen geholt. Der hat das ja vom Fenster aus mitbekommen. So wären wir auch den Moosleitner endgültig los, hat er gemeint. Seine Stiefel und die Handschuhe hatte ich mir ja schon besorgt.«

»Prechtl von nebenan? Der mit Frau Friede geschmust hat?«

Der Rösler wirkt komplett verwirrt.

»Ja«, presst er hervor. »Ich soll mir keine Sorgen machen, hat er gesagt.«

»Da hat er falsch gelegen. Und wie passt die depperte Weihnachtsmütze ins Bild?«

»Die hat doch der Kalubke aufgehabt, wegen der Kinder. Die hat er dann dem Friede aufgesetzt. Weil jeder denken würde, der Moosleitner würde den Friede noch verhöhnen wollen wegen dem Weihnachtstrara, hat er gesagt.«

»Der Kalubke war auch mit von der Partie? Ja kruzifix.«

Der Sandner greift sich an die Stirn.

Ächzend setzt sich der Rösler auf eine der steinernen Stufen und birgt den Kopf in den Händen. Seine Schultern beben.

»Das nenn ich echte Nachbarschaftshilfe«, murmelt der Kriminaler, bevor er die Kollegen verständigt. Dass er sich gedulden soll, bis jemand Zeit hätte, wird ihm mitgeteilt, schließlich wär am Heiligabend die Hölle los.

SELBSTJUSTIZ

Iny Lorentz

A nton Maier legte den letzten Stapel Zehneuroscheine auf den Tisch und trug die Summe in seine Liste ein. »6876 Euro! Hans, schau! So viel haben wir bei einer Christbaumversteigerung noch nie eingenommen«, sagte er triumphierend zum Vorsitzenden des Feuerwehrvereins Pödling, der gleichzeitig sein bester Freund war.

»Da wird sich unser Hochwürden aber über die Spende freuen, die wir ihm als Christkindl überreichen«, antwortete Hans Pürl zufrieden und sah auf die Uhr.

»Es ist schon spät! Wenn du willst, fahr ich dich heim.«

»Ich brauch noch eine Viertelstunde, dann habe ich die Scheine gebündelt«, erklärte Maier.

Pürl nickte und sah nach draußen. »Dann hole ich schon einmal das Auto. Ich lasse die Tür hinter mir zufallen und mach dann mit meinem Schlüssel wieder auf, damit dir in der Zwischenzeit nichts passieren kann.«

»Du tust ja glatt so, als wenn wir in Chicago wären! Den Schlüssel vom Vereinsheim haben bloß fünf Leute, und da ist sicher kein Al Capone dabei«, antwortete Maier lachend und widmete sich wieder seinen Geldscheinen.

Hans Pürl lachte ebenfalls und trat aus dem Haus. Während er auf der verschneiten Straße zu seinem Auto stapfte, war er bester Laune. Die Einnahmen der Christbaumversteigerung hatten alle Erwartungen übertroffen und er sah sich bereits zusammen mit dem Vereinskassier Maier und dem Pfarrer mit Bild und Artikel im Oberländer Anzeiger verewigt.

An seinem Auto angekommen drehte er sich um und

blickte die von den Peitschenlaternen beleuchtete Straße entlang. Zum ersten Mal seit Langem fiel ihm auf, wie viel sich seit seiner Jugend hier verändert hatte. Das Haus mit dem alten Krämerladen war schon vor vielen Jahren abgerissen worden. An seiner Stelle stand nun ein großer Supermarkt samt Telefonshop, Getränkemarkt und Reisebüro sowie der neu erbaute, viereckige Kasten der Sparkasse. Die Menschen hatten heutzutage vielleicht mehr Geld als früher, aber ob sie glücklicher waren, wagte Pürl zu bezweifeln.

Kopfschüttelnd setzte er sich ins Auto und fuhr bis zur Tür des Vereinsheims. Dieses lag direkt neben dem Grandlwirt, dem einzigen Gebäude in der Straße, das noch genauso aussah wie auf den Fotos, die vor fast hundert Jahren aufgenommen worden waren. Im Inneren aber war der Gasthof stark modernisiert worden und hatte für Pürl die urige Gemütlichkeit der früheren Zeit verloren. Auch die Bühne, auf der sie in seiner Jugend etliche Volksstücke aufgeführt hatten, gab es nicht mehr.

Jetzt werde nicht sentimental!, rief er sich zur Ordnung, stieg aus und trat zur Tür. Als er öffnete, kniff er verwirrt die Augen zusammen, denn das Licht im Inneren des Vereinsheims war ausgeschaltet. Hatte Toni Maier es sich anders überlegt und war bereits mitsamt dem Geld nach Hause gegangen? Passieren würde ihm sicher nichts, denn Pödling war, wie der Kassier richtig gesagt hatte, nicht Chicago.

Hans Pürl wollte sich schon umdrehen und gehen, als er im Inneren des Vereinsheims ein Geräusch zu hören glaubte. Seine Hand suchte den Lichtschalter und drückte ihn. Als die Lampen aufflammten, sah er Toni Maier mit einer blutenden Platzwunde am Hinterkopf neben dem Tisch liegen. In der rechten Hand hielt er noch eine zerrissene Banderole und einen einzelnen Fünfeuroschein.

Besorgt beugte Pürl sich über seinen Freund. »Was ist passiert?«

Maier war noch halb betäubt, und es dauerte einige Augenblicke, bis er sich mit Pürls Hilfe aufrichten und dann antworten konnte.

»Ich weiß nix! Ein Schlag, dann war ich weg. Oh, mein Schädel!«, stöhnte Maier.

»Wie kann das passiert sein?« Pürl war verwirrt, denn er hatte die Tür fest zugezogen. Dazu besaßen außer ihm und Maier nur noch drei Leute einen Schlüssel und für jeden von ihnen hätte er seine Hand ins Feuer gelegt.

Noch während er überlegte, ob er den Arzt im Ort aus dem Schlaf klingeln oder den Notarzt anrufen sollte, tauchte der Wirt auf. Er war einer der Männer, die einen Schlüssel besaßen, und für einen Augenblick befiel Pürl der Verdacht, dass der Raub nicht zufällig geschehen sein konnte.

»Ich hab gesehen, dass noch Licht brennt, und hab mir gedacht, ich schau einmal nach«, erklärte Sepp Berndl, sah dann den blutenden Kassier und fluchte.

»Ja sakra, was ist denn da passiert?«

»Irgendeiner ist hier hereingekommen, hat den Toni niedergeschlagen und das ganze Geld geklaut«, berichtete Pürl.

»Es waren fast 6900 Euro«, setzte Maier schwach hinzu.

»Sauber sag ich! Und das bei uns in Pödling! Da hat einer zu viele Krimis im Fernsehen geschaut.« Der Wirt fluchte erneut und erklärte dann, dass er Verbandszeug holen würde.

»Sonst blutet der Toni so lang, bis er seinen Geist aufgibt«, setzte er hinzu.

Dieser Spaß kam jedoch weder bei dem Betroffenen noch bei Pürl gut an.

»Schick dich!«, sagte dieser. »Dann müssen wir schauen, dass wir den Toni zum Doktor bringen. Net, dass was übrig bleibt!«

»Ihr zwei seid mir die richtigen Freunde!«, stöhnte der Verletzte.

»Sei froh, dass du uns hast! Sonst wärst du bis morgen früh hier herinnen gelegen«, konterte der Wirt und verließ das Vereinsheim.

Pürl fragte Maier, ob er ihm sonst noch helfen könne. Der schüttelte zuerst mit schmerzverzogener Miene den Kopf, meinte dann aber, dass er ein Glas Wasser brauchen könne.

»Ich hol dir eins!«, versprach Pürl und ging in die kleine Küche. Während er ein Glas mit frischem Leitungswasser füllte, überlegte er, wie sich das Verbrechen abgespielt haben mochte. Auch wenn Sepp Berndl ein Hagebuchener war, traute er dem Wirt eine solche Tat nicht zu. Auch der Schriftführer Mathias Rudek und der zweite Beisitzer Klaus Melcher waren gestandene Männer und gewiss nicht darauf angewiesen, einen Freund wegen nicht einmal siebentausend Euro niederzuschlagen.

Ihm fiel nur ein einziger Mann ein, der das Geld dringend hätte brauchen können, doch der besaß keinen Schlüssel.

»Den hätte er ja gar nicht gebraucht! Heut Nachmittag stand die Tür lang genug offen, weil wir die Sachen für die Versteigerung in den Saal gebracht haben«, schoss es Pürl durch den Kopf.

Dann aber winkte er ab. Sein Schwager war an diesem Tag nach München gefahren und hatte sich daher nicht im Vereinsheim verstecken können. Er brachte Maier das Wasser und sah zu, wie dieser durstig trank.

»So eine Sauerei! Fast siebentausend Euro haben wir zusammengebracht, und dann klaut so ein Falott uns das Geld«, jammerte Maier anschließend.

Pürl nickte, hing aber seinen eigenen Gedanken nach. Nun wunderte er sich doch, dass sein Schwager ausgerechnet an diesem Tag in die Stadt hatte fahren müssen. Zwar war Jens öfter dorthin unterwegs, doch an den dörflichen Festen hatte er bislang jedes Mal teilgenommen.

Pürl hatte schon überlegt, ob sein Schwager fern geblieben war, weil er ihn letztens scharf zurechtgewiesen hatte. Das war notwendig gewesen, denn Jens hatte Moni ein blaues Auge geschlagen. In der Hinsicht stand Pürl auf der Seite seiner Schwester.

Es ist wohl am besten, wenn sie sich scheiden lässt, dachte er, obwohl er wusste, dass Moni dazu nicht bereit war.

Pürl schob den Gedanken beiseite und konzentrierte sich auf das verschwundene Geld und die Frage, wie der Räuber ins Vereinsheim gekommen sein konnte. Da fiel ihm etwas ein und er ging hinüber zur Toilette. Da sich drüben im Wirtshaus schon eine Schlange vor dem WC gebildet hatte, war er während der Veranstaltung ins Vereinsheim hinübergegangen. Dort war ihm aufgefallen, dass auch hier eine der beiden Toiletten besetzt gewesen war. Um die Zeit aber hätte sie nur jemand benutzen können, der den Schlüssel besaß.

Nun stand diese Toilette offen. Pürl warf einen Blick hinein, stellte nichts Besonderes fest und wollte sich schon wieder abwenden. In dem Augenblick sah er etwas auf dem Boden liegen. Er bückte sich und hob das etwa kleinfingerlange Ding auf. Es war ein Hirschgrandl, wie man es an einem Charivari trug. Der Ring daran war aufgebogen, als wäre jemand damit hängen geblieben. Der Anhänger kam ihm bekannt vor und er spürte, wie ihn eine heiße Welle durchlief. Es würde Moni das Herz brechen, wenn ihr Mann als Verbrecher entlarvt wurde, der die für den neuen Kinderhort vorgesehenen Spendengelder geraubt und dabei einen alten Freund kaltblütig niedergeschlagen hatte. Kurz entschlossen steckte er das Schmuckstück ein und kehrte in den Versammlungsraum zurück.

Dort fand er neben Maier auch den Wirt und den Dorfarzt vor. Dieser wickelte gerade einen Verband um Maiers Kopf.

»Wir werden die Polizei rufen müssen«, sagte Sepp Berndl grollend. »Kruzifix noch mal! Werden diese Zeilenschmierer vom Oberländer Anzeiger sich auf uns stürzen.«

Ihm gefiel ebenso wenig wie den drei anderen, dass ihr Heimatort auf diese Weise in die Schlagzeilen geraten würde.

»Das ist zwar im Grundsatz richtig. Aber wir sollten uns trotzdem überlegen, ob wir die Sache nicht auf unsere Weise lösen können«, wandte Pürl ein.

»Und wie?«, fragte Maier, dem es mittlerweile wieder besser ging, bissig.

»Die Polizei wird erst einmal die Leute verdächtigen, die einen Schlüssel für das Vereinsheim haben. Neben dem Berndl, dir und mir sind das noch Rudek und Melcher.«

»Du glaubst doch net, dass es einer der zwei gewesen wär!«, rief der Wirt aus.

Pürl schüttelte den Kopf. »Das war ganz gewiss keiner von ihnen! Ebenso wenig warst du es – oder ich. Auch hat der Toni sich sicher nicht selber auf den Kopf gehauen.«

»Hast du einen Verdacht?« Berndl kannte seinen Freund Pürl gut genug, um so etwas zu vermuten.

Dem Arzt kam Pürls Verhalten jedoch seltsam vor. Auch Anton Maier zeigte deutlich, dass er nichts davon hielt, die Polizei außen vor zu lassen.

Pürl sah die anderen durchdringend an. »Wir waren doch immer die besten Freunde und haben uns immer vertraut.«

»Das schon, aber …«, wandte Maier ein.

»Ich habe dir damals, als du dich bei deinem Hausbau verrechnet hattest, ohne Sicherheiten zwanzigtausend Euro geliehen, die du von der Bank nicht bekommen hättest.«

»Das schon, Hans, aber …«

»Sind wir Freunde oder sind wir keine?«, fragte Sepp Berndl ihn grob. »Der Hans hat jedem von uns geholfen, wenn es nötig war. Wenn er uns jetzt um einen Gefallen bittet und wir ihn ablehnen, komm ich mir schlecht vor.«

»Danke, Sepp!« Pürl nickte dem Wirt kurz zu und sah dann die beiden anderen Männer an. »Der Herr Pfarrer wird sein Spendengeld bis zum letzten Euro bekommen, und du, Toni, ein saftiges Schmerzensgeld. Aber ich will es auf meine Art machen, und nicht auf die der Polizei. Allerdings brauche ich Ihre Hilfe dazu, Herr Doktor. Sie haben letztens am Stammtisch von einem Mittel erzählt, das in amerikanischen Entzugskliniken angewandt wird.«

»Das ist ein Teufelszeug, das ich keinem Menschen verschreiben würde«, erklärte der Arzt.

»Ich hätte trotzdem gern ein Fläschchen davon. Wie schnell können Sie es mir besorgen?«, sagte Pürl mit einem Lächeln, das keiner der drei anderen freundlich genannt hätte.

»Wenn ich es gleich in der Früh mache, kannst du es bis zum Abend haben«, antwortete der Arzt.

»Morgen Abend also? Das passt!«

∗

Hans Pürl musterte das Wohnhaus seines Schwagers und seiner Schwester. Es wirkte ein wenig protzig und war noch nicht voll abbezahlt. Auch das Auto, das Jens fuhr, war im

Grunde eine Nummer zu groß für den Mann. Hans hatte gelernt, dass man das Geld, das man ausgeben wollte, erst verdienen musste. Auch seine Schwester hielt es so, aber deren Ehegespons ... Er brach diesen Gedanken ab und sagte sich, dass er längst hätte eingreifen müssen. Das hätte Toni Maier einiges an Kopfschmerzen erspart.

Das galt aber nur, wenn er mit seiner Vermutung richtig lag! Einen Augenblick lang stellte er sich vor, er würde sich irren und doch die Polizei einschalten müssen. Die Vorstellung war nicht sehr angenehm. Entschlossen drückte er den Klingelknopf und hörte kurz darauf, wie sich drinnen jemand der Tür näherte.

Seine Schwester öffnete.

»Ist der Jens da?«, fragte er.

»Er sitzt im Wohnzimmer und schaut fern«, antwortete Moni. Sie wirkte gedrückt. Wie es aussah, hatte es wieder Streit gegeben.

»Wenn es hart auf hart kommt, kannst du jederzeit zu Anni und mir kommen«, bot er seiner Schwester an.

»Es ist schon gut!«, antwortete sie. »Wenn der Jens bloß nicht so viel trinken würde.«

»Er bräuchte eine kräftige Entziehungskur!« Pürl grinste dabei schief, denn mit der wollte er an diesem Abend anfangen. Er trat ein und gesellte sich zu seinem Schwager, der eben die Aufzeichnung eines Abfahrtslaufs in den USA anschaute. Als er den Gast erkannte, zuckte er ein wenig zusammen.

»Grüß dich, Hans! Willst du ein Bier?«

»Das könnte ich vertragen – und gegen einen Obstler hätte ich auch nichts!« Pürl setzte sich, während sein Schwager Moni anwies, das Verlangte zu bringen.

»Ich trinke auch einen mit«, rief er ihr nach, als sie das Wohnzimmer verließ.

»Bier oder Schnaps?«

»Beides!« Dann wandte Jens sich an Pürl. »Gibt es was Neues?« Es klang lauernd und in seiner Miene zeichnete sich Angst ab.

»Wie kommst du denn darauf?«, fragte Pürl.

»Auf was soll ich kommen?«

»Dass es etwas Neues gibt!«

»Ich habe mir halt gedacht, weil doch gestern die Christbaumversteigerung war.«

Jens benahm sich so auffällig, dass Pürl seinen Verdacht bestätigt sah. »Ich bin ein bisserl früher heimgefahren und habe mich bislang noch nicht darum gekümmert. Aber jetzt Prost!«

Inzwischen hatte Moni zwei Bier, zwei Schnapsgläser und eine fast leere Obstlerflasche auf den Tisch gestellt.

Ihr Mann sah sie kopfschüttelnd an. »Das ist ja nicht einmal ein Glasl voll. Bring noch eine her!«

»Aber du sollst doch nicht so viel trinken, Jens«, flehte die Frau.

»Ist schon gut!«, sagte Pürl, um seine Schwester zu beruhigen, und stieß mit seinem Schwager an.

»Zum Wohl!«

»Auf das deine!«

*

Eine Stunde später war Pürl angetrunken und sein Schwager vollkommen besoffen. Nun begann der zweite Akt. Ohne dass Jens es bemerkte, mischte Pürl ihm den amerikanischen Entzugshelfer in den Schnaps und forderte ihn ein paar Mal kräftig zum Trinken auf.

»Ich hab dich für gescheiter gehalten!«, schimpfte seine Schwester.

»Ich weiß schon, was ich tue!«, antwortete Pürl und sah zufrieden, wie die Gesichtsfarbe seines Schwagers ins Grünliche überging.

»Mir ist auf einmal so schlecht!«, stöhnte Jens und wollte aufstehen, um zur Toilette zu kommen.

Da er alleine nicht auf die Beine kam, half sein Schwager ihm. Sie schafften es gerade noch rechtzeitig, bevor Jens' Magen sich entleerte. Er würgte keuchend, bis nur noch stinkende Luft aus seinem Bauch herauskam, doch die Wirkung des Mittels ließ nicht nach.

»Mein Gott, was hat er denn? Wir müssen den Doktor holen!«, rief Moni entsetzt.

Pürl beschloss, nicht das geringste Mitleid für seinen Schwager zu empfinden. »Er ist selber schuld! Und jetzt werden wir zwei einmal miteinander reden. Kennst du das da?« Damit hielt er Jens das verlorene Hirschgrandl vor die Nase.

»Das gehört zu meinem Charivari! Ich muss es irgendwo verloren haben«, lallte Jens und wollte danach greifen, doch Pürl zog das Schmuckstück zurück.

»Ich kann dir auch sagen, wo du es verloren hast!«, erwiderte er düster. »Es war auf dem Klo im Vereinsheim, wo du gewartet hast, bis die Christbaumversteigerung vorbei und der Maier Toni allein war. Dann hast du ihm irgendein Trumm auf den Schädel geschlagen und das Geld geklaut!«

Jens krümmte sich unter neuen Würgekrämpfen, stritt aber alles ab. »Ich kann es nicht gewesen sein! Ich war doch in der Stadt.«

»Dann hast du sicher ein Alibi dafür!«

»Ich bin … argh … dir keine Rechenschaft schuldig!«, keuchte Jens, während er weiter würgte.

»Mir vielleicht nicht, aber der Polizei! Ich kann sie rufen, wenn du willst.«

»Stimmt das?«, fragte Moni schreckensbleich. »Aber das wäre …«

»… ein Grund für die Scheidung!«, erklärte Pürl mit harter Stimme.

»Das wäre es wirklich!« Bis jetzt hatte Moni sich dagegen gesträubt, doch nun fühlte sie sich, als hätte man ihr den Boden unter den Füßen weggezogen.

»Das kannst du doch nicht tun!«, rief Jens weinend. »Du bist doch alles, was ich habe.«

»Warum hast du das getan, Jens? Warum?« Moni schossen die Tränen aus den Augen, doch ihre Stimme klang fest.

»Es ist wegen der Schulden bei der Bank! Die wollen mich pfänden und da hab ich keinen Ausweg mehr gesehen.«

»Du hättest zu mir kommen können«, erklärte Pürl.

»Ich hab mich so geschämt! Du hast mir doch schon fünfzehntausend Euro geliehen – und ich wollte nicht als Versager dastehen.«

»Dafür hast du einen Freund niedergeschlagen und die Spendengelder geraubt. Du hättest den Toni umbringen können!«, fuhr Moni auf.

»So hart hab ich nicht zugehauen«, antwortete Jens weinerlich. »Eigentlich wollte ich ihn ja gar nicht niederschlagen. Ich habe gedacht, dass er noch einmal zum Wirt hinübergeht. Dann wollte ich das Geld nehmen und damit verschwinden. Aber das hat er nicht gemacht.«

»Darum hast du zugeschlagen, so wie du auch die Moni immer wieder verprügelst!« Pürls Stimme klang hart.

Er packte seinen Schwager und zog ihn hoch. »Du stehst am Scheideweg, Jens! Entweder tust du das, was ich dir sage, oder du verlierst alles, was dir jemals etwas bedeutet hat.«

»Wie meinst du das, Hans?«, fragte ihn seine Schwester.

»Erstens: Jens wird sich umgehend einer Entziehungskur unterziehen und danach keinen Tropfen Alkohol mehr trinken.«

»Tu es bitte für mich!«, flehte Moni ihren Mann an.

Dieser nickte, da es ihm immer noch so schlecht ging, dass er zu sterben glaubte.

»Zweitens wirst du dem Maier Toni anonym ein Schmerzensgeld zukommen lassen, das für den Anlass hoch genug ist. Da du derzeit pleite bist, werde ich es dir auslegen«, fuhr Pürl fort. »Außerdem wirst du das Spendengeld bis zum letzten Cent zurückgeben. Du hast es doch noch, oder?«

»Ja! Aber ich muss bis morgen viertausend Euro an die Bank zurückzahlen, sonst kommt der Gerichtsvollzieher«, jammerte sein Schwager.

»Das Geld leihe ich dir ebenfalls. Aber noch etwas! In dem Augenblick, wo du wieder zu trinken anfängst oder die Moni schlägst, fordere ich das gesamte Geld zurück – und wenn dir der Gerichtsvollzieher danach die letzte Unterhose pfändet!«

»Wenn er nüchtern ist, ist der Jens ein guter Kerl. Geschlagen hat er mich immer bloß, wenn er was getrunken gehabt hat«, erklärte Moni und fasste nach der Hand ihres Mannes.

»Bitte tu, was der Hans sagt! Es ist doch für uns zwei.«

Einen Augenblick lang kämpfte Jens mit sich, dann senkte er besiegt den Kopf. »Es tut mir wirklich leid. Es war eine Kurzschlussreaktion ...«

»... die verdammt schlimme Folgen hätte haben können!«, unterbrach ihn Pürl. »Jetzt gib mir das Geld, das du gestern hast mitgehen lassen. Was danach kommt, werden wir sehen. Ich hoff bloß, dass der Toni damit zufrieden ist und dich nicht im Gefängnis sehen will.«

»Bittschön net!«, rief Moni entsetzt.

»Ich tu mein Bestes!«, antwortete Pürl und sagte sich, dass sein Schwager ruhig ein bisschen Angst ausstehen sollte. Sonst war dieser Akt von Selbstjustiz umsonst gewesen.

CHRISTKINDLMARKT *ODER* HAVE YOURSELF A MERRY LITTLE CHRISTMAS ...

Beatrix Mannel

M ein liebstes Jagdrevier ist der Christkindlmarkt am Marienplatz. Schon vor der Dämmerung und bei jedem Wetter strömen sie dorthin. Die reich gefüllte Futterkrippe lockt sie mit den brutzelnden Bratwürsten, dem fettigen Zischen der Reiberdatschis, den süßen Waffeln im Puderzuckerwolkenkleid. Dann drängt sich Daune neben Lodenjanker, Kunstpelz touchiert Lammfelljäckchen, Kaschmirmäntel kleben an Ökowollponchos und alle saugen diesen Glühweindampf nach Nelke und Vanille ein und lauschen der Endlosschleife von *Winter Wonderworld, Driving home for christmas* und Andy Borgs *Fröhliche Weihnachten.*

Jede lächelt tapfer und versucht so zu tun, als würde sie dieses Herumstehen genießen. Sie betäuben die nagende Angst in ihren Bäuchen mit Glühwein. Angst, die anderen hätten das bessere Leben, hätten die klügeren Entscheidungen getroffen und wären glücklicher als sie selbst. Ein gigantischer Irrtum, denn egal, für wie glücklich uns die anderen halten, da gibt es immer diesen Raum für geheime Wünsche, von denen wir glauben, dass deren Erfüllung das einzig wahre Glück böte. Ich würde mal behaupten, sogar meine Frau hat geheime Wünsche, auch wenn sie gern erklärt, sie sei restlos und rundum glücklich. In dieser

Hinsicht ist sie schon ein wenig unreflektiert und ich frage mich dann, ob es so gut ist, dass sie diejenige ist, die sich am meisten mit unseren Kindern beschäftigt.

Aber jetzt bin ich hier und hier denke ich nie an die Kinder. Das muss man sauber trennen! Am Christkindlmarkt gibt es nur mich und meine Rehe. Ich mag sie in Lederhosen, dunkelhaarig, gerne glatt mit Pony, einem leicht ölig glänzenden Teint und etwas zu stark geschminkt. Ich liebe es vor allem, wenn der Mund mit einem feinen Strich umrahmt ist. Elvira nennt diese Art Lippenbemalung kopfschüttelnd und hinter vorgehaltener Hand den schwarzen Gürtel im Blasen. Auch wenn wir in dieser Hinsicht völlig unterschiedliche Auffassungen haben, ist sie ansonsten ein prima Kerl. Die Kinder vergöttern sie. Auch unsere Nachbarn, unsere Freunde, der Hockeyclub und ihre Nordic-Walking Gruppe. Bei all dem, was sie für die Familie tut, ist es da nur fair, dass ich die Kindergeschenke besorge. Aber dieses ganze ökologisch vertretbare, pädagogisch wertvolle Zeug, das es hier gibt, mögen meine Jungs nicht und unser Nesthäkchen ist gerade mitten in ihrer rosa Glitzerphase.

Deshalb hat meine Sekretärin schon Anfang Dezember alles besorgt und gegen eine kleine Zulage auch noch schlampig verpackt, damit es aussieht, als hätte ich es selbst getan. Mit schiefen Glitzersternchen, schlecht gebundenen Schleifen und jeder Menge Schokoengel dran. Dieser kleine Trick verschafft mir die Möglichkeit, meine Batterien so aufzuladen, dass ich die zahlreichen Feiertage gut gelaunt überstehen kann. Es dräut ja nicht nur meine Schwiegermutter, der an *Geiz ist geil*, nur das *geil* nie gefallen hat. Nein, auch der Bruder meiner Frau, der Arbeitslosigkeit zu einer künstlerischen Disziplin erhoben hat, erfreut uns durch seine Anwesenheit und das alles wird noch von meiner lieben Mutter gekrönt, die sich von Elektrosmog und Islamisten umzingelt fühlt, seit ihr der Nachbar verraten hat, dass er regelmäßig die Moschee besucht. Dazu kommen die fünf ungemein lebhaften Gören meiner Schwester, die trotz ihrer dritten Scheidung schon wieder schwanger geworden ist. Es ist mir unbegreiflich, warum sie drei Ehen führen musste, wo man sich in einer einzigen doch ganz gut einrichten kann. Ich für meinen Teil würde Elvira niemals verlassen, wozu auch? Sie könnte einen Sternekoch das Fürchten lehren, sie verschwendet mein Geld nicht und macht sich auf den Dinnerevents mit den Vorstandskollegen ganz hervorragend, weil sie ihr reichhaltiges kulturelles Wissen charmant und unaufdringlich anbringen kann.

Sex war für sie nur Mittel zum Zweck der Eheschließung, und ehrlich gesagt bin ich nicht unglücklich darüber, denn bei ihrem Anblick läuft bei mir gar nichts mehr. Drei Kinder und zwanzig Jahre Ehe, ganz klar, man altert und trotz aller Disziplin geht jeder hier und da ein wenig aus dem Leim. Meine Gürtel sind auch deutlich länger als früher.

Doch unter diesem Gürtel bin ich immer noch zwanzig. Und all diese Energie kann ich am allerbesten hier in der Vorweihnachtszeit loswerden. Alles passt.

Nehmen wir den schon erwähnten Glühwein. Das reinste Aphrodisiakum. Glühwein bringt zuerst ihre Wangen zum Leuchten. Sie fühlen sich wohler, doch schon nach dem zweiten Becher mischt sich Verzweiflung in ihr krampfhaftes Lächeln. *Werde ich Weihnachten wieder allein sein*, fragen sie sich und schauen sich verstohlen um, der Anblick eines Vaters mit Kleinkind auf dem Arm treibt ihnen die Tränen in die Augen. Sie trinken noch einen Glühwein und schnäuzen dezent in ihr Taschentuch.

Das ist mein Startsignal. Auftritt Wolfgang. Auftritt der Retter. Die Stunde des Jägers.

Dort drüben vor dem Standl mit den Holzmarionetten stellt sich gerade ein Reh im türkisen Daunenjäckchen mit erotisch breitem, knalleng geschnalltem Taillengürtel an einen Tisch, der schon übersät ist mit senfbeschmierten Papptellern und halbleeren Glühweinbechern. Dunkelrot und silbern lackierte Nägel umklammern den weißen Pappbecher. Lange Nägel. Sehr lange Nägel. Und am Becher leuchtet der Abdruck ihrer gut gepolsterten Lippen, passend zum Lack in besonders dunklem Rot.

Offensichtlich ist sie allein, an so einen hoffnungslosen Tisch stellen sie sich nur, wenn sie allein sind.

Ein kurzer Blick auf ihre langen, aber nicht zu staksigen Beine und die Schuhe überzeugt mich davon, dass es sich lohnen könnte. Tierfellmuster-Stiefeletten mit einem kleinen Pelz, der sich geschmeidig um ihre engen schwarzen Lederhosen schmiegt, die am knackigen Hintern mit Swarovskisteinchen verziert sind.

Meine Frau würde lieber sterben, als so was anzuziehen. Oh ja!

Ich trete zu ihr, frage, ob ich mich dazugesellen darf, und als sie nickt, räume ich als Erstes den Müll für sie weg. Das lieben sie alle. Selbst wenn ich wie ein Vollhorst aussehen würde, in dem Augenblick, in dem du dich kümmerst, bist du ihr Mann. Bei verheirateten Ladys bringt das sogar noch schneller Pluspunkte, denn der Trauschein hat sie dazu verdammt, sich um alle, inklusive entfernte Verwandte und Tiere, zu sorgen.

Dann frage ich die türkise Daune mit Blick auf den halbleeren Becher, ob ich ihr etwas mitbringen darf. Nicht zu forsch, man muss ihnen Zeit geben zu vertrauen und Zeit zum Abchecken. Geduldig sehe ich dabei zu, wie es rattert in ihrem Gehirn. Rolexuhr, Armanimantel, Schuhe von Ludwig Meyer, handgenäht. Das erkennen sie sogar dann, wenn sie nie in den gleichen Läden einkaufen.

Mein heutiges Reh nickt, dabei fällt eine ihrer dunklen Strähnen über ihre Lippe, und sie pustet die Strähne mit einem perfekten Kussmund weg. So vielversprechend, das erhöht die Spannung weiter unten, ich hoffe der Mantel ist weit genug.

Nachdem wir zusammen zwei weitere Becher gekippt haben, fühlen wir uns schon sehr vertraut. Obwohl sie mich schon seit dem ersten Becher mit unsäglich einfältigen Mobbinggeschichten von ihrem Job in der Krankenkasse langweilt, lächle ich und achte darauf, dass meine Züge nicht einfrieren. Zum Glück habe ich erkannt, dass es gar nicht nötig ist, wirklich zuzuhören, es reicht, ab und zu ein »Oh, das kann ich so gut verstehen« einzufügen. Das funktioniert auch mit meiner Frau ganz ausgezeichnet und hat meine Ehe über schwierige Zeiten gerettet. Probieren Sie es aus, egal welches Thema, es klappt immer. Bleiben Sie ruhig, wenn sie sagt: *Ich fühle mich so dick, alt, müde, traurig oder ich mache mir Sorgen um Kind eins oder zwei oder drei.* Einfach nur nicken und sagen *Ich kann dich so gut verstehen* und Sie ernten ein dankbares Lächeln.

Sie erlaubt mir, ihr einen weiteren Becher Glühwein zu bringen, dann noch eine von den köstlich duftenden Waffeln mit heißen Schattenmorellen und sehr viel Sahne, die sie dann mit dem Finger aufstippt und aufreizend ableckt. Als ich das ignoriere und so tue, als würde es mir nur um sie gehen, wirkt sie leicht irritiert. Doch als ich sogar noch einen Reiberdatschi bestelle, so als wollte ich noch länger ihre Gesellschaft genießen, fängt sie an zu hoffen und wünscht sich, dass ich der Mann bin, der ihre Einsamkeit verjagt. Und dafür sind die meisten bereit, alles zu tun. Wirklich alles. Verzweiflung macht sexy. Einige tun es sogar gleich unten im Klo vom Ratskeller, aber dafür ist es mir heute zu kalt, ich will in ihre Wohnung. Und ich bin sicher, dass sie schon darüber nachdenkt, wann sie das letzte Mal die Betten frisch bezogen hat und ob ihre Unterwäsche sexy genug ist. Wenn sie wüsste, dass mich genau dieses Ungeplante antörnt, wäre sie irritiert. Aber mal ehrlich, was gibt es Schlimmeres als geplanten Sex, der irgendwann in Duftkerzen, gebügelter Bettwäsche und pseudosexy Dessous ertränkt wird. Da lobe ich mir einen BH mit Sicherheitsnadel oder ein ausgeleiertes verwaschenes Höschen.

Ich sollte mich konzentrieren, jetzt ist mir glatt ihre Frage entgangen. Ihre wunderschönen Augen hätten mich abgelenkt, entschuldige ich mich, dabei sind ihre Augen eher nicht so mein Fall, zu blau, zu hart, aber wenigstens stark geschminkt. Und die meisten Frauen schließen ihre Augen dann ja später sowieso.

Sie lächelt und wiederholt ihre Frage. Ob ich Lust hätte, auf einen letzten Absacker mit zu ihr zu kommen. Ihre Füße wären so kalt.

Ich lege meine Hand auf ihren Arm und suche direkten Augenkontakt, wirklich sehr kühl diese Augen, aber alles andere passt perfekt. »Wohin darf ich Sie bringen?«, frage ich und erkläre, dass mein neuer BMW eine sensationelle Fußheizung hat. Für die Jagd leihe ich mir immer was Passendes aus, alle Frauen – sogar noch das letzte Ökomäuslein – stehen auf coole Schlitten.

Wir laufen Arm in Arm zur Tiefgarage am Odeonsplatz, wo ich für gewöhnlich parke, mit dem Hinweis, dass meine Kanzlei in der Nähe ist. Das schafft Vertrauen. Sie ist schon sehr beschwipst und taumelt immer wieder gegen mich, feiner Schweißgeruch vermischt mit dem Duft von Poison entsteigt ihrer Daunenjacke und ich kann es kaum erwarten, ihr die Lederhose vom Leib zu reißen. Aber man darf es nicht überstürzen. Ich habe viel gelernt in den letzten zwanzig Jahren.

Ich hätte erwartet, dass sie in einem Wohnblock irgendwo in Mittersendling wohnt, aber sie lenkt mich durch die halbe Stadt hin zu einem kleinen Reihenhäuschen in der Fasanerie. Auf der anderen Straßenseite steht eine Villa, die so mit blinkenden, glitzernden Rentieren, Schlitten und Weihnachtsmännern dekoriert ist, als wären das die Lichter einer Landebahn für außerirdische Nikoläuse.

Ein Reihenhaus, das macht mich stutzig, könnte bedeuten, es gibt irgendwelche Rotznasen oder sogar einen Ehemann, der plötzlich auftaucht. Andererseits – würde sie mich dann mit nach Hause nehmen?

Ich helfe ihr, die Tür aufzuschließen und registriere erleichtert den Geruch einsamer Frauen, fades Parfüm vermischt mit Weihnachtskerzenduft von Vanille und Zimt, Fernsehmuff in den Sofakissen. Hier ist kein Ehemann zu erwarten.

Sie lässt sich mitsamt ihrer Jacke auf ein überdimensionales braunes Ledersofa fallen, eine richtige Spielwiese, dann zieht sie mich unerwartet kräftig zu sich und küsst mich hingebungsvoll auf den Mund. Doch viel zu schnell stößt sie mich weg, aha, jetzt kommt sicher die »ich muss schnell ins Bad«-Nummer, aber weit gefehlt, sie will wissen, was ich noch trinken will. Soll mir recht sein, dann dauert das Vorspiel eben etwas länger. Je älter ich werde, desto mehr liebe ich das. Zu meinem großen Erstaunen hat sie einen ganz vorzüglichen Whisky da, eine meiner Lieblingssorten, zwanzig Jahre alten Laphroaig, den hätte ich hier nicht erwartet. Während ich den rauchigen Geschmack genieße, zieht sie mir die Schuhe aus und massiert meine Füße, sie scheint ein Naturtalent zu sein. Woher weiß sie, dass mich das so entspannt wie nichts anderes?

Nachdem ich ausgetrunken habe, möchte ich jetzt endlich näher an sie ran. Gar nicht so leicht, doch ein bisschen viel getankt, alles kommt mir leicht verschwommen vor, sogar ihre blauen Augen wirken samtiger. Ich ziehe sie zu mir und versuche den breiten Gürtel ihrer Jacke auszuziehen und als es mir endlich gelingt, sehe ich, dass sie nackt unter der Daunenjacke ist, wow, das hatte ich auch noch nie. Gott, wenn ich das nur schon auf dem Christkindlmarkt gewusst hätte! Mein Verlangen explodiert geradezu.

In diesem Augenblick klingelt es an der Haustür, was wie ein kaltes Tauchbad auf mich wirkt.

»Wer ist das?«

»Schsch«, sagt sie und legt den Finger an ihre roten, jetzt ein wenig verschmierten Lippen und lächelt mich unsicher an. »Ich habe eine Freundin angerufen, als ich deinen Drink gemischt habe.«

Oh nein, das war's dann, die soll mich sicher begutachten, bevor es zur Sache geht. Verdammt!

»Also, weil na ja …«, stottert sie, und mir geht ein Licht auf. Ein Dreier. Sechser im Lotto!

»Ich dachte, du fändest das aufregend, und ich liebe es.«

»Ist sie auch so schön wie du?«, frage ich und überlege dann noch, ob das ein perfider Test sein könnte und sie nur wissen will, wie ernsthaft meine Absichten mit ihr als Mensch sind. Sollte ich also dagegen protestieren und darauf bestehen, nur mit ihr allein ins Bett gehen zu wollen? Manche Frauen sind ja so tricky.

Doch bevor ich noch mehr sagen kann, steht sie schon auf und geht zur Tür. Auf dem Weg dorthin lässt sie die Jacke auf den Boden fallen und ich sehe ihren Rücken, der so zart ist, dass ich jeden Wirbel erkennen kann. Dieser

Rücken schreit geradezu danach, dass ich mich um ihn kümmere. Ich versuche mich zu konzentrieren, aber meine Gedanken verschwimmen, fransen aus, vermischen sich. Ich presse meine Hände an die Schläfen, ups, das sind gar nicht die Schläfen, ich habe eindeutig zu viel getankt. Ich versuche es noch mal, jetzt, na geht doch. Also wo war ich, das Klingeln ist wirklich keine Gefahr, denn mit blankem Busen würde sie niemals zur Tür gehen, wenn es ihr Mann, die Kinder oder ein Nachbar wäre.

Ob ihre Freundin auch so hübsch ist? Oder wird das hier auf eine Mitleidsnummer rauslaufen? Andererseits, ich muss grinsen, man sollte großzügig sein, schließlich ist ja bald Weihnachten. Ob ich mich schon mal ausziehe? Oder sollte ich das den beiden überlassen? Ich fühle mich so entspannt wie noch nie. Da fällt mir ein, ich hätte sie nach ihrem Namen fragen sollen, das mache ich sonst immer und behaupte dann, das wäre ein besonders schöner Name und meine geliebte Großmutter mütterlicherseits hätte auch so geheißen. Ich glaube, ich kichere gerade, weil mir einfällt, dass die von letzter Woche Elvira geheißen hatte und mir beinahe rausgerutscht wäre, dass meine Frau so heißt.

Mein Rehlein kommt zurück, was für ein Anblick, wie ihre schlanke nackte Taille aus der schwarzen Lederhose wächst und ihre erstaunlich vollen Brüste bei jedem Schritt wippen, als wollten sie mir winken. Im Himmel kann es nicht schöner sein, und jetzt höre ich auch noch Musik klimpern, Geigen, irgendwas mit *I'll be home for christmas, you can count on me.*

Hinter ihr kommt ihre Freundin, sie trägt eine venezianische Maske, die ihr Gesicht verdeckt, wow, mein Herz rast, sie ist zwar um einiges fülliger als mein Rehlein, aber diese Maske lässt auf etwas wirklich Außergewöhnliches hoffen.

Mein Puls geht durch die Decke, ich muss mich aufsetzen, aber gleichzeitig ist mir schwindelig und mein Mund fühlt sich sehr trocken an.

»Wir tun es im Auto«, flüstert das Rehlein mir zu.

»Zu dritt?«, will ich fragen, aber ich höre, dass ich etwas anderes sage, es klingt wie Gebrabbel, gleichzeitig hämmert der Puls in meinen Ohren. Ich kann meine Gedanken nicht mehr hören, nur noch dieses Hämmern. Ich kriege keine Luft mehr.

Die beiden nehmen mich in ihre Mitte, ich winke ab, will selbst gehen, aber hey, ich falle um. Jesses, das ist mir noch nie passiert! Ich kann immer genau abschätzen, wie viel genug ist. Also lasse ich mich von den beiden stützen, ich überlege, was ich Lässiges sagen könnte, aber bevor mir auch nur ein Wort einfällt, sind wir schon am Auto, wo die beiden mich auf den Rücksitz verfrachten. Das Flackern der Rentiere und Nikoläuse von gegenüber beleuchtet uns in genau dem schnellen Rhythmus, der mir mit den beiden vorschwebt, aber okay, sollen doch die Ladys das Kommando übernehmen, ich bin mehr als bereit und als das Rehlein mir zunickt und sich lasziv ihre wunderschönen vollen, dunkelroten Lippen leckt, spüre ich einen gewaltigen Blutandrang, der mich beruhigt, und mir zeigt, dass ich immer noch alles unter Kontrolle habe.

Aber dann wirft sie die Tür zu, steigt vorne ein und wir rasen los. Ich überlege, wohin die beiden mich entführen. In einen Club, einen SM-Keller? Wie schade, dass ich niemandem jemals von diesem Abend erzählen kann. So muss es sich anfühlen, wenn man mit zwei nackten Göttinnen aus dem Flugzeug springt und den freien Fall auskostet. Mein Herz, mein Körper könnte nicht aufgeregter sein. Sogar meine Haut, meine spärlichen Haare, alles, einfach alles kommt mir vor wie elektrisch aufgeladen.

»Es ist wirklich tragisch, dass sich so viele Menschen an

Ich muss weggedämmert sein, denn als ich wieder zu mir komme, sitze ich auf dem Vordersitz, angeschnallt und der Motor läuft auf Hochtouren. Aber ich fahre nirgendwohin, stattdessen ist überall Nebel. Ich schaue raus und versuche zu erkennen, wo ich hier bin, es ist eine Garage, sieht sogar aus wie unsere Garage. Ich muss husten und mir wird schlagartig klar, dass ich hier raus muss, und zwar bevor ich noch müder werde, aber die Versuchung, die Augen zu schließen, ist groß und wird jede Minute größer. Luft, ich brauche Luft, ich hämmere gegen die Fenster, aber da tut sich nichts, müde, ich bin so müde. Ich taste nach dem Entertainmentcenter von dem Leihwagen, muss laute Musik hören, mich wach halten, klappt! Sekunden später ertönt Marvin Gayes *I want to come home for christmas*, ich versuche mich abzuschnallen, aber meine Hände machen nicht das, was ich ihnen befehle. Die Musik geht über in *Driving home for christmas*. Ich bin doch schon da, will ich schreien, aber meine Lungen sind voll von all dem Nebel und ich bin müde, so müde. *Have yourself a merry little christmas*.

Das ist sicher nur ein Traum, ein ganz übler Traum, das kommt davon, wenn man bei der Jagd zu viel Glühwein trinkt.

Es klopft an die Scheibe. Ich drehe mich in Zeitlupe zum Seitenfenster um und erkenne die venezianische Maske.

»Rette mich«, brülle ich, aber es kommt nur noch ein leises Hecheln aus meinem Mund. »Hol mich raus, bevor es zu spät ist!«, möchte ich rufen, doch ich kann weder sprechen noch mich bewegen. Nur sehen kann ich noch.

Und ich sehe, wie die Frau ihre Maske herunternimmt und mich dann sehr vergnügt anlächelt, fast genauso wie an dem Tag, an dem wir damals beide »Ja« gesagt haben.

Weihnachten das Leben nehmen«, sagt mein Rehlein zu der Maske.

Die Maske nickt, dann seufzt sie dramatisch, ähnlich wie Elvira, wenn die Kinder irgendetwas verbrochen haben. Das muss der Alkohol sein, ich muss mich gerade komplett verhört haben. Warum sollten die beiden jetzt über so etwas Trauriges reden? Keiner hier will sterben, ganz im Gegenteil, nie war ich lebendiger, nie war ich glücklicher. Ich schließe die Augen, erinnere mich an die Fußmassage und bin sicher, ihre Hände haben noch ganz andere Genüsse zu bieten …

Ich muss weggedämmert sein, denn als ich wieder zu mir komme, sitze ich auf dem Vordersitz, angeschnallt und der Motor läuft auf Hochtouren. Aber ich fahre nirgendwohin, stattdessen ist überall Nebel. Ich schaue raus und versuche zu erkennen, wo ich hier bin, es ist eine Garage, sieht sogar aus wie unsere Garage. Ich muss husten und mir wird schlagartig klar, dass ich hier raus muss, und zwar bevor ich noch müder werde, aber die Versuchung, die Augen zu schließen, ist groß und wird jede Minute größer. Luft, ich brauche Luft, ich hämmere gegen die Fenster, aber da tut sich nichts, müde, ich bin so müde. Ich taste nach dem Entertainmentcenter des Leihwagens, muss laute Musik hören, mich wach halten, klappt! Sekunden später ertönt Marvin Gayes *I want to come home for christmas*, ich versuche mich abzuschnallen, aber meine Hände machen nicht das, was ich ihnen befehle. Die Musik geht über in *Driving home for christmas*. Ich bin doch schon da, will ich schreien, aber meine Lungen sind voll von all dem Nebel und ich bin müde, so müde. *Have yourself a merry little christmas.*

Das ist sicher nur ein Traum, ein ganz übler Traum, das kommt davon, wenn man bei der Jagd zu viel Glühwein trinkt.

SCHÖNE BESCHERUNG

Irene Rodrian

E s war eigentlich die perfekte Weihnachtsstimmung. Dicke Schneeflocken tanzten kurz vor den Lichterketten und fielen lautlos auf die Straße. In den Schaufenstern leuchtete die Weihnachtsdeko, Kinder drückten sich die Nasen platt und strahlten, selbst die mit letzten Tüten beladenen Hektiker lächelten.

Anna hatte schon seit Tagen alle Geschenke beisammen. Früher hatten sie Weihnachten immer besonders geliebt. Sie genossen die Vorbereitungen, den Duft der Plätzchen, das Schmücken des Baumes, die Lieder im Radio und, wenn sie Glück hatten, das Winterwetter. Das war lange her. Der Baum, das Essen, die Geschenke, alle die wunderbaren Rituale waren längst zur Routine erstarrt. Schlimmer, sie lösten fast Ekel und Widerwillen aus. Kurt besorgte zwar immer noch den Baum, warf ihn aber nur lieblos auf den Balkon und überließ ihr den Rest. Ihre Geschenke waren unpersönlich und das Essen bereitete sie lustlos zu, während er schon die erste Flasche Wein leerte.

Die schönsten Feste hatten sie damals in der winzigen Kellerwohnung gefeiert. In der dauernd der Strom ausfiel und die Heizung immer wieder unter dramatischem Stöhnen verendete. Als sie noch studierten und kein Geld hatten. Als die gemeinsame Zukunft noch wie eine bunte Glitzerkugel vor ihnen lag.

Hatte es da schon begonnen? Als der Wind dichte Schneemassen vor ihr Kellerfenster häufte, als Kerzenstummel gemütliche Wärme verbreiteten, als sie zusammengekuschelt unter dem räudigen Fellmantel von Kurts Großvater lagen und Bing Crosby von seinem *White christmas* träumte? Vielleicht. Sie liebten sich, und Kurt versuchte, sie auszutricksen, als sie auf ein Kondom bestand. Sein Lachen. Ich liebe Kinder. Wir wollen doch Kinder!

Hatte sie da ihre Panik schon zu deutlich gezeigt? Dass sie ihr jahrelanges Medizinstudium niemals so kurz vor dem Doktor unterbrechen würde? Dieselbe Diskussion hatten sie in den Jahren danach noch oft gehabt. Sie hatte sich diplomatischer ausgedrückt, er hatte immer deutlicher Druck gemacht. Aber Anne liebte ihre Arbeit in der Chirurgie, sie liebte den Erfolg und den Respekt, den die Kollegen ihr entgegenbrachten. Kurt arbeitete für das Außenministerium und war viel auf Reisen. Da war definitiv kein Platz für ein Kind.

Irgendwann waren auch diese Gespräche zu bedeutungslosen Worthülsen verkommen. Wenn sie überhaupt noch miteinander sprachen, dann über praktische Dinge. Das neue Haus, die monatlichen Belastungen, die Frage, ob man sich eine Putzhilfe leisten konnte und ob man zu dem Gartenfest der Nachbarn gehen sollte oder nicht.

Anne wusste nicht mehr, wann sie zum ersten Mal daran gedacht hatte, ihn zu töten. Nach ein paar Jahren hatte die erotische Anziehung nachgelassen, und so eine Art freundschaftliche Gewohnheit war an ihre Stelle getreten. Das war in der Zeit, als der neue Kollege an die Klinik kam. Dr. Stefan März. Ein brillanter Diagnostiker und kultivierter Charmeur. Sie kamen sich näher, teilten ihre Leidenschaft für den Beruf und arbeiteten oft zusammen. Ein paarmal trafen sie sich auch außerhalb der Klinik, aber Anne schreckte vor weiterer Nähe zurück.

Das war die Zeit, in der sie zu träumen begann. Kurt kletterte in den Bergen und stürzte ab. Kurt fuhr zu schnell und hatte einen tödlichen Unfall. Kurt wurde plötzlich schwer krank und niemand konnte ihn retten. Anne trug ihre Trauer mit großer Fassung. Die Kollegen standen ihr zur Seite. Besonders eng Stefan.

Anne verbot sich diese Art Gedankenspielerei und konzentrierte sich noch mehr auf die Arbeit. Kurt stieg die Karriereleiter hinauf, ein Ministerposten stand in Aussicht. Wenn er nicht irgendwo im Ausland war, blieb er bis spät in die Nacht. Seine Aufgaben waren extrem wichtig.

Dass Anne von der anderen Frau erfuhr, war Zufall. Sie war nie misstrauisch gewesen, sie war von ihrer eigenen Treue ausgegangen. Und für Kurt war es nicht schwer, ihr einen Großteil seines Lebens zu verheimlichen. Er wurde unvorsichtig. Zuerst war da nur der vage Duft. Ein fremdes Parfüm, schwer und süß. Dann seine plötzliche Vorliebe für modische Anzüge und Hemden. Bisher hatte Anne seine Hemden und Krawatten gekauft, jetzt brachte er selbst welche mit. Angeblich günstig im Ausland entdeckt. Er veränderte auch sein Aussehen. Rasierte sich den immer spärlicher werdenden Haarwuchs zu einer Glatze und züchtete sich dafür so einen komischen kleinen Bart.

Anfangs war Anne nur leicht irritiert, dann horchte sie auf. Vor allem, wenn er wieder mal unangemessen scharf und aggressiv auf eine alltägliche Bemerkung reagierte. Sie schaute etwas genauer hin und wurde schnell fündig. Lippenstift am Hemdkragen. Diverse Hotelrechnungen für ein Ehepaar, haha. Und dann noch das Smartphone ganz unten in seiner Aktenmappe. Er hatte schon zwei Handys, ein Dienst- und ein Privathandy. Beide liefen über Vertrag. Das dritte war prepaid.

Natürlich wusste Anne, dass man so etwas nicht tut. Postgeheimnis, Privatsphäre, persönliche Freiheit, das waren hoch angesetzte Fixpunkte in ihrer Werteskala.

Jetzt galten sie alle nichts mehr. Stefan hatte sich mit der neunzehnjährigen Schwester Lea verlobt.

Jetzt war es nicht mehr Irritation oder Neugier. Es war Wut. Sie hatte verzichtet, und Kurt hatte sich nicht an die Abmachungen gehalten. Noch schlimmer, er hatte sie für blöd verkauft. Anne war fast fünfzig und in nicht so ferner Zukunft würde ihre Karriere im OP in einen Endposten in der Verwaltung münden. Sie hatte kein schlechtes Gewissen, als sie das geheime Handy checkte.

Sie hieß Michaela, das Ganze ging schon seit über einem Jahr. Und nur Gott wusste, wie viele Prepaid-Handys es noch gegeben hatte.

Anne erwog kurz eine Scheidung, aber sie hatte zu viel Angst. Vor dem Aufwand, vor der Einsamkeit und vor den Konsequenzen. Das Haus war gerade abgezahlt. Sie liebte es, sie liebte den Garten, sie fühlte sich in der Nachbarschaft geborgen. Kurt würde sich sicher nicht scheiden lassen. Bei einem Kollegen war gerade eine Affäre mit einem unehelichen Kind aufgeflogen, die ihn seine Kandidatur kostete.

Etwa in dieser Zeit starb Kurts Vater und hinterließ ihm ein Vermögen. Seine Trauer währte nicht lange, dann begann er mit dem neuen Geld auch neue Verhaltensweisen an den Tag zu legen. Arroganz war noch die harmloseste. Als er sie wieder einmal anschnauzte, ließ sie eine kleine Bemerkung über Handys und den Namen Michaela fallen. Er starrte sie nur an. Den Ausdruck in seinen Augen vergaß sie nie. Ein Sekundenbruchteil Fassungslosigkeit, dann übergangslos nackter Hass.

Von da an lebten sie mehr oder weniger höflich nebeneinander her. Kurt versteckte seine Handys besser, aber Anne interessierte sein Liebesleben nicht mehr.

Sie stand nur noch selten im OP, sie war Oberärztin,

weiter kam sie nicht. Den Job als medizinische Klinik-
leitung bekam Dr. Stefan. Der mit Lea mittlerweile drei
Kinder hatte. Sie veröffentlichte ein paar Artikel in Fach-
zeitschriften, die kaum Beachtung fanden. Sie begann,
ihr Äußeres zu vernachlässigen und steckte alle Energie
in den Garten.Der immerhin eine Fotostrecke in einer
Hochglanzpostille bekam. Sie war jetzt 63 Jahre alt und
hatte das Gefühl, in völliger Bewegungslosigkeit erstarrt
zu sein.

Eine große Wochenzeitung brachte eine Homestory von
Kurt und ihr. Sie spielten glückliches Ehepaar vor blühen-
den Hortensien, und Anne sah erst später auf den Fotos,
wie Kurt sie von der Seite her ansah. Wie teuflisch sein als
liebevolles Lächeln getarntes Grinsen in Wirklichkeit war.

Das war vermutlich der Auslöser. Der Übergang von
Wünschen und Tagträumen zu einem realistischen und
genau terminierten Plan. Kurt hatte schon vor Wochen
eine Reise angekündigt. Gleich am ersten Weihnachtsfei-
ertag wollte er für ein paar Tage nach Paris fahren. Paris,
was für ein Klischee. Heiligabend daheim, das bedeutete
vermutlich, dass seine aktuelle Michaela selber auch verheiratet war. Oder so jung, dass sie noch mit den Eltern
feiern musste.

Anne durchsuchte seine Sachen, um sicherzugehen. Die
Neue hieß Clara und sah aus wie Mitte 30. Also verheiratet. Langes dunkles Haar und ein voller Mund. Auf dem
Foto strahlte sie in die Kamera. Das war uninteressant,
viel wichtiger war die Entdeckung in der Seitentasche seines Reisenecessaires. Zwölf hellblaue Pillen. Nicht mehr in
der Originalpackung, sondern in einer kleinen neutralen
Plastiktasche.

Anne erkannte ihre Chance sofort. Die Unverträglich-
keiten einiger Medikamente und Substanzen mit Viagra,

vor allem bei hoher Dosierung. Das verlängerte Zeitfenster, das sich ihr so bot. Wenn Kurt so ein paar ganz spezielle hochdosierte Tropfen am Heiligabend einnahm und Viagra in der Nacht darauf, dann war es nicht mehr aufzuhalten. Tod in der Stadt der Liebe.

Anne machte sich voller Energie an die Umsetzung ihrer Pläne. Dieses letzte Weihnachten würde alle vorherigen übertreffen. Sie schmückte den Baum besonders liebevoll, sie bereitete ein aufwendiges Menü vor, das sich aus lauter Lieblingsspeisen von Kurt zusammensetzte. Blini mit Kaviar, knuspriger Entenbraten und bayrische Creme. Sie verpackte die Geschenke in teurer Goldfolie mit lustigen kleinen Aufklebern.

Das Gift war in dem Hierbas. Einem würzigen Kräuterlikör, den sie vor vielen Jahren in Ibiza getrunken hatten. Und von dem Kurt immer wieder redete. Den es aber hier nicht zu kaufen gab. Anne hatte ihn dann aber doch noch im Internet gefunden. Gift war auch nicht das richtige Wort. Es war ein Medikament. Das es so nicht gab. Das Anne selbst aus diversen Chemikalien sorgfältig zusammenstellte. Dadurch konnte sie die Gewichtung verschieben. Aber auch so wäre es wohl nicht wirklich lebensgefährlich. So ganz für sich allein genommen.

Anne hatte es vorsichtig durch den Korken hindurch gepumpt. Die Menge war sehr großzügig bemessen, und der leicht bittere Geschmack würde in dem süßen Likör untergehen. Damit Kurt die Flasche nicht schon am Umriss erkannte, legte Anne sie in einen Schuhkarton und nahm die Goldfolie zum Einwickeln.

Alles war vorbereitet. Das Haus duftete nach Honig, Tannenzweigen und Orangenschalen. Im Radio sang Bing Crosby. Anne frisierte und schminkte sich sorgfältig. Sie zog das dunkelgrüne Kleid an, das ihre schlanke

Figur betonte und sie gut zehn Jahre jünger machte. Sie legte die Kette an, die ihr Kurt vor 40 Jahren geschenkt hatte und ging langsam die Treppe hinunter.

In der Tür zum Wohnzimmer blieb sie überrascht stehen. Das hatte es seit Jahren nicht mehr gegeben. Im Kamin brannte ein Feuer. Daneben stand Kurt und lächelte ihr entgegen. Er hatte einen dunkelblauen Dreiteiler an und ein hellblaues Hemd. Genauso eins hatte sie ihm vor Jahren einmal gekauft. Auch die Krawatte kam ihr bekannt vor. Winzig kleine gelbe Löwen auf rotem Grund.

»Fröhliche Weihnachten!« Kurt kam ihr entgegen und umarmte sie kurz. Anne brachte kein Wort heraus. Sie sah einen Berg bunt verpackter Geschenke auf ihrer Seite des Baums. Und die Lichtfunken, die sich auf dem Goldpaket auf Kurts Seite spiegelten.

Sie lächelte verkrampft. Was hatte das zu bedeuten? Wollte Kurt eine Aussprache? Hatte er sich geändert? War das der Vorspann zu einer großen Entschuldigung? War sie etwa im Unrecht? War ihr großer Plan nur ein großer Fehler?

Kurt nahm die Champagnerflasche aus dem Eiskübel und goss zwei Gläser voll. Sie tranken, ohne sich dabei anzusehen. Kurt war schon wieder bei den Geschenken und nahm ein flaches Päckchen in silbergrauem Sternchenpapier hoch und reichte es ihr.

»Fröhliche Weihnachten!«

Anne musste ihr Glas abstellen, um das Paket mit beiden Händen halten zu können. Sollte sie alles rückgängig machen? Das spezielle Geschenk wieder unter dem Baum hervorholen?

Kurt kam ihr zuvor. Er hatte das Goldpaket schon in der Hand und schüttelte es leicht. Lachte. »Oh, das klingt ja schon vielversprechend!«

Anne machte mit steifen Fingern ihr Silberpaket auf. Dann sah sie die berühmte Schachtel mit dem tiefblauen Logo. Die besten Pralinen der Stadt. Anne liebte diese feinen Köstlichkeiten. Kurt hatte seit vielen Jahren nicht mehr daran gedacht.

Er hatte sein Paket auch geöffnet und holte die Flasche heraus. »Wow! Wo hast du die her? Da konnte ich noch nie widerstehen. Danke!«

»Dass du an meine Lieblingspralinen gedacht hast!« Anne öffnete die Packung und suchte sich eine erste aus. Champagnertrüffel.

Kurt öffnete die Flasche und goss sich ein kleines Glas ein. Hob es und trank auf Anne. »Auf ein neues Leben!«

Anne schmeckte den zarten Schmelz auf ihrer Zunge, bevor sie über den Satz nachdenken und Kurts Gesichtsausdruck deuten konnte. Ein stilles Lächeln. Er sah glücklich aus. Hob sein Glas auf sie und leerte es. Er sagte etwas, das sie nicht mehr richtig verstand.

»… wirst du leider nicht mehr erleben …«

Ihr wurde plötzlich schwarz vor Augen. Sie musste sich setzen. Die Schachtel glitt ihr aus der Hand und all die feinen Pralinen kullerten über den Teppich. Kurts Lippen bewegten sich immer noch.

»… wirken ganz schnell, keine Sorge.«

Anne schloss die Augen. Noch im letzten Weggleiten hörte sie, dass Kurt sich nachschenkte.

HILDE MUSS WEG

Veronika Rusch

ls Sepp Nudlbichler in jener bitterkalten Dezember-
nacht vor dem Schlafengehen noch einmal die Tür
zum Stall öffnete und seinen Preis betrachtete, war ihm
seltsam zumute. Lange stand er dort, mit frierenden Zehen
in seinen Filzpantoffeln, der Atem eine weiße Wolke. Es
war schon fast Morgen, als er zurück ins Wohnhaus ging,
in die stille Küche schlich und sich auf die Eckbank legte,
um seine Frau nicht zu wecken. Etwas war anders geworden in dieser Nacht. Er war nicht mehr derselbe.

Eigentlich war es schon am Abend losgegangen, als er vom
Schafkopfen nach Hause gegangen war, nicht mehr ganz
gerade, aber doch nüchtern genug, um sich später noch daran erinnern zu können. Es hatte den ganzen Abend geschneit und er war noch keine zwei Schritte vor die Tür des
Dorfwirts getreten, als ihm der eisige Wind mit einer solchen Wucht ins Gesicht fuhr, dass ihm einen Augenblick
die Luft wegblieb und er die sechs oder auch ein paar mehr
Halbe Bier gar nicht mehr spürte. Der stille Dorfplatz war
von frisch gefallenem Schnee bedeckt, den in der Nacht
keiner mehr geräumt hatte, durchzogen von den Fußspuren der Gäste, die vor ihm heimgegangen waren. Kreuz
und quer verliefen die Spuren, wie ein seltsames Muster. Er
war einer der letzten, die sich vom Wirt verabschiedeten.
Ehrensache, bis zum Ende dazubleiben. Immerhin hatte er
den zweiten Platz beim vorweihnachtlichen Schafkopftur-
nier gemacht. Der erste Platz wär ihm freilich lieber gewe-

sen, schon wegen der Ehr und weil dann sein Blatt neben denen der Vorjahressieger gerahmt in der Wirtsstuben an der Wand aufgehängt worden wäre, unter dem Hirschgeweih und dem Kruzifix, aber andererseits war er auch ganz froh, den ersten Preis nicht nach Hause nehmen zu müssen. Der erste Preis, das war nämlich eine lebendige Sau. Nicht groß, ein kleines Spanferkel halt, aber trotzdem. Die Männer hatten gelacht, als der Stadler Xari die quietschende Sau am Strick nach draußen geführt hatte, einer hatte sogar gemeint: »Hast eine neue Liebschaft aufgrissen, ha, Xari?« Doch im Grunde hat's schon gepasst. Der Xari ist nämlich Saubauer, er hat einen ganzen Haufen Schweine daheim, da kommt's auf ein Ferkerl mehr oder weniger auch nicht mehr an.

Er ist einen Augenblick auf dem Dorfplatz stehen geblieben, mitten im eisigen Wind, der ihm die Schneeflocken in den Kragen wehte und hat seinen Preis betrachtet, den er unter dem Arm trug: eine Gans. Besser als ein Ferkel, hat er sich gedacht. Da muss man nicht erst noch lang warten, bis sie fett genug ist, die gibt schon zu Weihnachten einen schönen Braten. Die Gans war ganz still, hat den Kopf unter seinen Janker gesteckt, um dem kalten Wind zu entgehen.

Dort hat es angefangen, mitten auf dem Dorfplatz, im Schneegestöber, als Sepp Nudlbichler mit plötzlich klarem Kopf dastand und auf die Muster starrte, die die Füße seiner Spezln hinterlassen hatten und die jetzt langsam vom frischen Schnee zugedeckt wurden. Er hatte versucht, sich vorzustellen, wie das Muster wohl von oben aussehen würde, ob es irgendeinen Sinn ergab und es war ihm dabei ganz gspaßig zumute geworden. Solche Gedanken hatte Sepp Nudlbichler vorher noch nie gehabt. Überhaupt verschwendete er nicht viel Zeit mit Nachdenken. Meistens kam nix Gescheites dabei raus und die Arbeit blieb liegen. Aber es gab nicht mehr so viel Arbeit, seit er und seine Frau im letzten Jahr den Hof aufgegeben und die Tiere verkauft hatten. Da kamen einem manchmal so komische Flausen in den Kopf.

Mit der Gans fest unter dem Arm hatte er sich auf den Weg nach Hause gemacht, sorgfältig darauf bedacht, nicht in die Spuren der anderen zu treten und wenn es jemanden gegeben hätte, der das Muster auf dem Dorfplatz tatsächlich hätte lesen können, von oben, von dort, wo man einen Überblick hat, dann hätte er vielleicht bemerkt, dass der Nudlbichler Sepp da schon ein anderer geworden war. Er hätte es aus seiner Spur herauslesen können, die eigensinnig die anderen Spuren umging und dann einsam die schneebedeckte Straße hinauf zum Nudlbichler Hof führte, nicht ganz gerade, aber trotzdem zielstrebig.

»Was hältst von Brasilianisch?«

»Ha?«

»Die Gans. Ich könnt's brasilianisch füllen.«

Hildegard Nudlbichler blätterte in ihrem Kochbuch. »Des wär mal was anders, als immer nur Semmeln und Petersilie.«

»Und wia wär nacha des?«, wollte Sepp wissen und nahm sich noch einen Semmelknödel aus der Terrine. Sie saßen gemeinsam beim Mittagessen in der Küche. Es gab Lüngerl mit Knödel. Draußen schneite es wieder.

»Des wär mit Äpfel und Knoblauch und Chili …«

»Chili? In der Gans? Pfui Deifi.«

Hildegard seufzte. »I könnt ja des Chili weglassen. A bissl mehr Pfeffer tuat's aa.«

»Wennst meinst, dass die Kinder des mögen ...« Sepp schluckte seinen Semmelknödel hinunter und stand auf. »I schau mal nach der Hilde.« Seine Frau nickte abwesend und blätterte weiter in ihrem Kochbuch.

Kopfschüttelnd ging Sepp hinaus. Chili in der Weihnachtsgans. Wo käme man denn da hin? Die Kinder würden solche Experimente mit Sicherheit nicht gut finden. Sie wünschten sich Weihnachten so wie immer. Mit Gans, Knödeln und Blaukraut und einem Christbaum mit echten Kerzen. Man sollte sie nicht verschrecken, denn sonst kämen sie womöglich gar nicht mehr. Kamen eh so selten. Mei, des Studium halt. Die Arbeit. Und die Freunde. Aber Weihnachten waren sie immer da. Jedes Jahr. Und da käm seine Frau plötzlich mit Chili in der Gans daher! Wenn man schon eine Gans beim Schafkopfen gewann, immerhin der zweite Preis, dann konnte man doch erwarten, dass sie traditionell zubereitet wurde. Ganz so, wie es sich für eine anständige Weihnachtsgans gehörte. Das war doch nicht zu viel verlangt. Er nickte bekräftigend. Die Hilde hatte es nicht verdient, dass so ein ausländischer Schmarrn mit ihr angestellt wurde. Aber seiner Frau war in der Beziehung alles zuzutrauen. Vor allem, was die Hilde anbelangte. Sie hatte es nämlich gar nicht lustig gefunden, dass die Gans nach ihr, Hildegard, getauft worden war. Dabei war das gar nicht seine Idee gewesen. Als er sie überreicht bekommen hatte, hatte sie ein Schild um den langen Hals hängen gehabt, da war Hilde draufgestanden. Wie bei dem Ferkel auch, das hatte Reserl geheißen, wie die Frau vom Stadler Xari. Alle hatten es lustig gefunden. Er auch. War ja auch wurscht. Die Viecher hörten ja sowieso nicht auf einen Namen. Waren ja keine Hund'.

Als er in den Stall kam, begrüßte ihn Hilde schnatternd.

Sie hatte einen Platz in einer alten Kälberbox bekommen.
Da war's am wärmsten. Und Licht gab's auch, von einem
kleinen Fenster ganz oben in der Stallmauer. Übermorgen war Weihnachten. Er würde es also bald tun müssen.
Am besten noch heute. Sepp stützte sich mit den Unterarmen auf die Holzumrandung und betrachtete die Gans
eine Weile. Sie freute sich ganz offensichtlich, ihn zu sehen. Wenigstens eine, die sich freut, dachte er. Die andere
Hilde, seine Frau, beachtete ihn ja kaum noch. Er war so
etwas wie ein Möbelstück für sie. Man musste es ab und zu
abstauben und darauf achten, dass es schön glänzte, wenn
Besuch kam, ansonsten durfte es vor allem eines nicht: im
Weg umgehen. Seit sie keine Landwirtschaft mehr hatten, war Sepp notgedrungen mehr im Haus als früher, ein
Umstand, den seine Frau eher unwillig zur Kenntnis genommen hatte. Es störte ihren routinierten Tagesablauf.
Er störte, um genau zu sein. Doch Hildegard Nudlbichler
war tüchtig. Sehr tüchtig. Und so hatte es auch nur wenige
Wochen gedauert, bis sie die unwillkommene Störung in
ihr gewohntes Tagwerk integriert hatte. Er bekam jeden
Morgen genau geplante Aufgaben zugeteilt, die er zu erledigen hatte, vornehmlich außer Haus, Ausbesserungsarbeiten, kleine Besorgungen, allerdings nichts Wichtiges,
denn das erledigte Hildegard selbst. Wenn er alles brav
erledigt hatte und wieder daheim war, saß er meist noch
eine Weile in der Küche am Tisch und las die Zeitung, die
er am Morgen schon einmal gelesen hatte. Die meiste Zeit
des endlos langen Tages aber schaute er seiner Frau beim
Bügeln, Wischen, Staubsaugen oder Kochen zu, hörte sie
mit ihren Freundinnen telefonieren und kam sich nutzlos
vor. Manchmal platzte er auch in ein unerwartetes Kaffeekränzchen mit ihren Freundinnen vom Pfarrverein oder
vom Strickklub oder aber er vergaß, dass am Abend ein

Treffen der Landfrauen anberaumt worden war. Dann saßen in ihrer guten Stube zwölf energisch aussehende Frauen beim Likör aufgereiht auf der Eckbank wie gutgenährte Hennen auf der Stange und Hildegard hatte aufgetischt, als würde man einen Staatsgast mit Gefolge erwarten. Die Frauen verstummten jedes Mal, wenn er so unverhofft vor ihnen stand, schauten ihn an wie ein lästiges Insekt und Hildegard runzelte die Stirn. In solchen Fällen machte er schleunigst kehrt, holte sich ein Bier aus der Speisekammer und ging damit in den leeren, stillen Stall. Manchmal verfolgte ihn ihr Lachen bis hinaus und er fragte sich, was so lustig war. Für Hildegard war es kein Problem gewesen, die Landwirtschaft aufzugeben. Sie hatte die freie Zeit, die ihr dadurch blieb, so glatt aufgefüllt, dass es bald so schien, als habe es die fünfzig Stück Milchkühe, die Hühner, die Felder und das Silo nie gegeben. Das Silo hatten sie abgerissen, die Felder und die Tiere verkauft, übrig geblieben war lediglich der große, alte Stall, in dem jetzt nur noch die Schwalben ein und aus flogen und die staubigen Spinnweben an den Fenstern in der Zugluft zitterten, wenn er hereinkam. Und er kam oft, nicht nur, um den aufgeputzten Hennen mit ihrem glänzenden Gefieder, ihren Blicken und ihrem Lachen zu entgehen. Er kam, weil er sich im Stall zu Hause fühlte. Anders als im Haus, wo seine Frau das Regiment führte, waren der Stall und die Tiere immer sein Reich gewesen. Und auch wenn die Kühe nicht mehr da waren, ein bisschen etwas von dem Gefühl, das er jedes Mal, wenn er den Stall betreten, den Geruch eingesogen und ihren beruhigenden Geräuschen zugehört hatte, war geblieben. Jetzt, wo Hilde da war, kam er jeden Tag sogar zwei-, dreimal, denn jetzt hatte er wieder eine Verantwortung. Musste schauen, ob es der Gans gutging. Meistens hatte er eine Halbe Bier und einen krummen Hund dabei,

eine Virginia-Zigarre. Dann lehnte er an der alten Kälberbox, rauchte und nahm ab und zu einen Schluck Bier. Hilde
schaute ihm dabei zu und schnatterte hin und wieder leise.
Seine Frau wunderte sich, was er ständig im Stall trieb,
fragte aber nicht allzu energisch nach, sie war froh, dass er
ihr aus dem Weg war. Gestern allerdings hatte sie ihm ein
Küchenmesser in die Hand gedrückt und gemeint, das habe sie extra schleifen lassen. Er solle vorsichtig damit sein,
dass er sich nicht daran schneide. Er hatte nicht nachfragen
müssen, wozu das Messer gedacht war. Wortlos hatte er
es genommen und in den Stall getragen. Jetzt lag es auf
der alten Werkbank neben der Kälberbox und glänzte gefährlich auf dem stumpfen, schartigen Holz. Schon oft in
seinem Leben hatte er Hühner geschlachtet, auch mal die
eine oder andere Gans. Es hatte ihm keinen Spaß gemacht,
aber es war auch nichts Besonderes dabei gewesen. Wenn
man Bauer war, gehörte das dazu. Wer eine gute Hühner-
suppe essen wollte, musste vorher ein Huhn schlachten.
Man musste die Kälber, denen man geholfen hatte, auf die
Welt zu kommen, zum Metzger bringen und auch die alten
Kühe, die einen jahrelang treu begleitet hatten und jetzt
keine Milch mehr gaben. So war das eben. Sepp Nudlbichler betrachtete das kalte Metall des Messers und wunderte sich, dass er zögerte. Das Leben war halt nun einmal
so. Da gab's nix zu deuteln und auch nix zu zögern. Er
nahm das Messer in die Hand und fuhr mit der Spitze seines Daumens vorsichtig über die Klinge. Sofort erschien
ein dünner Faden Blut auf dem Finger. Das Messer war
wirklich scharf. Hilde würde nichts spüren. Vielleicht einen kurzen, scharfen Schmerz, dann war es vorbei. Mit einem Ohr hörte er ein monotones Geräusch im Haus. Der
Staubsauger. Seine Frau hatte eine besondere Beziehung zu
ihrem Staubsauger. Sehr viel inniger als zu ihm, so kam

es ihm vor. Täglich saugte sie das ganze große Haus vom Erdgeschoss bis zum Dachgeschoss, jedes einzelne Zimmer, obwohl sie beide eigentlich nur noch die Küche und das Schlafzimmer nutzten. Wobei, von »Nutzen« konnte beim Schlafzimmer nur noch sehr eingeschränkt die Rede sein. Sie schliefen halt dort. Nebeneinander. Mehr nicht. Und das auch immer seltener. Wenn es beim Dorfwirt spät geworden war – und das kam öfter vor, seit er nicht mehr morgens um halb fünf aufstehen musste – blieb er gleich in der Küche und legte sich auf die Eckbank neben den Herd zum Schlafen. Seine Frau mochte es nicht, wenn er nach Wirtshaus roch und sie mochte es nicht, wenn er schnarchte. Er konnte das schon verstehen, aber die Rempler, die sie ihm versetzte, taten ihm trotzdem weh. Außerdem schnarchte sie genauso laut wie er, nur glaubte sie ihm das nicht. Und die Fettcreme, die sie neuerdings benutzte, stank wie die Salbe, die er früher immer hergenommen hatte, um die wunden Euter seiner Kühe einzureiben. Aber damit brauchte er ihr gegenüber gar nicht anzufangen. Da wäre sie sofort beleidigt und würde ein paar Tage nichts mehr mit ihm reden. Und zu essen gäbe es dann auch nichts Gescheites mehr. Nur dünne Nudelsuppe. Da hielt er doch lieber seinen Mund.

Noch einmal strich er mit dem Finger über das Messer, dieses Mal mit mehr Druck und sofort klaffte ein Schnitt in der Haut auf, aus dem dunkles Blut quoll. Er steckte den Finger in den Mund, schmeckte Metall und warf einen Blick auf Hilde, die ihn aufmerksam musterte. Das Geräusch des Staubsaugers war weiter nach oben gewandert, sie war im ersten Stock angelangt. Er hörte es rumpeln, als sie mit dem schweren Gerät gegen die Fußleisten stieß. Schmutz war für Hildegard der Feind. Er brachte ihr Selbstverständnis in Gefahr, ihre Selbstachtung, ihre Reputation vor den anderen. Dabei spielte es keine Rolle, dass niemand, nicht einmal sie zwei selbst, all die Zimmer je betrat, die sie so leidenschaftlich putzte. Er hatte sie einmal darauf angesprochen und sie hatte ihm prompt ihre Sicht der Dinge dargelegt: Wenn sie einmal tot wäre, wolle sie nicht, dass »die Leut«, die dann ins Haus kämen, glauben könnten, sie hätte ein schlampiges Hauswesen beieinander gehabt. Hildegard putzte also für den Fall ihres Todes. Überhaupt, der Tod. Er war für Hildegard allgegenwärtig, so ähnlich wie der Staubsauger. Wenn sie aus dem Haus ging, und wenn es nur zum Bäcker war, trug sie immer ihre allerbeste Unterwäsche. Sepp wusste das, weil er mitangehört hatte, wie sie dies auch ihrer Tochter Anni eindringlich ans Herz legte, als diese vorletztes Jahr knapp zwanzigjährig von Zuhause auszog. Auf Annis verständnislosen Blick hin hatte Hildegard sie aufgeklärt: Es könne ihr unterwegs etwas »Schlimmes« passieren und dann würden alle, Sanitäter, Ärzte, Leichenbeschauer, Totengräber, sehen, dass ihr Büstenhalter ausgeleiert war oder die Strumpfhose am Hintern eine Laufmasche hatte. Und passieren konnte jederzeit etwas. Deshalb musste man gewappnet sein, mit einem sauberen Hauswesen und anständiger Unterwäsche. Sepp legte das Messer behutsam zurück und schaute aus dem Fenster. Es hatte zu schneien aufgehört und ein zaghafter Sonnenstrahl drang durch die staubige Scheibe. Bedächtig trank er sein Bier aus, zog hin und wieder an seinem krummen Hund und schaute den zahllosen feinen Staubkörnern zu, die in der Sonne zu glitzern begannen. Bei ihm im Stall hatte Hildegards Staubsauger keine Chance. Und seine Unterhosen suchte er sich auch noch immer selber aus. Als das Licht stärker wurde und sogar ein wenig blauer Himmel im Viereck des Fensters sichtbar wurde, kam ihm eine Idee. »Magst a bissl spazieren gehen?«, fragte er Hilde. Hilde schnatterte und Sepp, der das als Zustimmung wertete, ließ sie aus der Kälberbox. Als er die Stalltür nach draußen öffnete, folgte sie ihm ganz selbstverständlich. Nach dem Halbdunkel des Stalls empfing sie der Hof im gleißenden Licht. Das Weiß des frisch gefallenen Schnees blendete so stark, dass Sepp zwinkern musste. Er nahm die Schneeschaufel, die an der Stallmauer lehnte und begann, einen Weg über den Hof zu räumen. Mit langsamen, bedächtigen Bewegungen, den krummen Hund im Mundwinkel, arbeitete er sich vorwärts, Schritt für Schritt und Hilde folgte ihm watschelnd. Er drehte sich immer wieder nach ihr um, schmunzelte und arbeitete dann weiter.

»Was treibst du denn da?«

Die Stimme kam von oben, vom Balkon, und als Sepp aufblickte, sah er Hildegard dort oben stehen, mit misstrauisch verschränkten Armen und gerunzelter Stirn.

»Schnee räumen.«

»Aha.«

Mehr brauchte es nicht. In diesem *Aha* lagen alle Zweifel und alle Verachtung, zu denen seine Frau fähig war. Trotzdem fügte sie noch hinzu: »Wennst nix Besseres zu tun hast ...«

Seit ihre Tiere fort waren, hatte er diesen Teil des Hofs nicht mehr geräumt. Niemand musste hier mehr entlanggehen, den Stall konnte man vom Haus erreichen, das Auto stand auf der anderen Seite. Er drehte sich um und schaute sich den Weg an, den er geräumt hatte: Er verlief nicht gerade von der Stalltür zur Straße, was vielleicht noch angegangen wäre, sondern in Kurven und Zacken, wie ein merkwürdiges Muster, ein Labyrinth, kreuz und quer über den Hof. Es sah ein bisschen so aus wie die Fußspuren an jenem Abend, als er vor dem Dorfwirt gestanden und so gspassige Gedanken über den Sinn des Lebens gehabt hatte. Hilde war ihm die ganzen Kurven durch den Schnee gefolgt, auf ihren dreieckigen, platten Füßen und stand jetzt neben ihm, mit hoch aufgerichtetem Kopf. Fast schaute sie ein wenig arrogant, fand Sepp. Er zog an seiner inzwischen kalt gewordenen Virginia und meinte etwas verlegen nach oben zu seiner Frau: »Hab denkt, die Hilde braucht a bissl Auslauf.«

»Auslauf?« Seine Frau schnaubte. »Fett soll's werden, ned flachsig. Wann schlachtest' sie jetzt endlich? I muss sie doch auch noch rupfen ...«

Sepp senkte den Kopf. Er mochte seine Frau nicht mehr ansehen. »Bald«, murmelte er. »Bald ...«

Hildegard antwortete nicht mehr. Das Schlagen der Balkontür sagte ihm, dass sie zurück ins Haus gegangen war. Wenig später kam sie unten aus der Haustür.

»I fahr schnell zum Einkaufen«, sagte sie, warf noch einen Blick auf die Gans und schüttelte den Kopf.

Mit anständiger Unterwäsch, dachte Sepp und gab keine Antwort. Er sah ihr nach, wie sie mit ihrem alten Toyota davonfuhr und plötzlich packte ihn die Wut. Sepp war kein zorniger Mann, er war geduldig, bedächtig, eher zu still als zu laut, außer wenn er zu viel getrunken hatte, dann kam es schon mal vor, dass er das ein oder andere Lied sang. Im Wirtshaus. Aber zornig war er eigentlich nie. Bis jetzt. Jetzt hatte er das Gefühl, platzen zu müssen. Hier, mitten auf dem verschneiten Hof, über den niemand mehr ging, nur er und die Gans, und übermorgen würde er höchstens noch für sich alleine seltsame Muster in den Schnee graben. Weil Hilde dann im Ofenrohr war. Brasilianisch gefüllt. Er bückte sich, hob Hilde, die schwach protestierte, hoch und trug sie wieder in den Stall. Dann nahm er das Messer, das auf der Werkbank lag und ging zurück ins Haus. Auf dem Küchentisch lag noch die Zeitung von heute morgen und Hildegards Kochbuch. Die Uhr über dem Herd tickte laut und der ganze Raum erschien ihm steril und fremd, so, als habe er ihn noch nie zuvor gesehen. Er gehörte nicht hierher. Nicht mehr. *Sie* hatte dafür gesorgt, dass er sich in seinem eigenen Haus nicht mehr daheim fühlte. Und jetzt verlangte sie noch, dass er die Hilde schlachtete, wo ihm doch nichts mehr geblieben war als sie. Wahrscheinlich stand sie gerade im Supermarkt an der Wursttheke und ratschte mit der Verkäuferin und beide lachten über den alten Deppen, der ein Labyrinth für eine Gans geschaufelt hatte, die doch nur fett werden sollte. Er konnte ihr Lachen hören. Es klang wie das Gackern einer dicken, runden Henne, maisgestopft mit glänzendem Gefieder und verächtlichem Blick. Dich wird's auch noch erwischen, dachte er plötzlich. Pass nur auf. Sein Blick fiel auf das Messer in seiner Hand. Er wunderte sich flüchtig, warum er es mitgenommen hatte. Sein Blut klebte noch daran und da fiel ihm wieder ein, was Hildegard gesagt hatte: »Es ist sakrisch scharf. Pass auf!«

Ein Schnitt. Nicht mehr. Das Haus war geputzt. Und die Unterwäsche anständig. Hildegard war vorbereitet auf den Tod. Seit Jahren schon. Er zog das Kochbuch zu sich her und schlug es an der eingemerkten Stelle auf. Brasilien.

Plötzlich fiel ihm etwas ein. Etwas Störendes, etwas, was er vergessen hatte. Was gar nicht mehr in seinem Kopf gewesen war. Ihm wurde heiß und er schlug das Kochbuch mit einer heftigen Bewegung zu. Das scharfe Messer lag warm in seiner Hand und in seinen Ohren rauschte es. Fast hätte er den Toyota überhört, der zurück auf den Hof gefahren kam.

Als Anni zusammen mit ihren beiden Brüdern Ludwig und Joe auf den Hof gefahren kam, war alles dunkel. Nur

»Aber man könnt doch auch mal was anderes machen«, nörgelte Ludwig. Er hatte immer am Essen etwas auszusetzen. »Wenigstens a Raclette.«

»Aber die Mama und der Papa, die brauchen des halt«, wandte Anni ein. »Dass es so is wie immer.«

Joe parkte das Auto und sie stiegen aus. Niemand stand schon erwartungsvoll an der Tür wie sonst, der Hof blieb still und dunkel, bis auf das kleine Licht in der Küche.

»Des is scho a bissl komisch«, gab jetzt auch Joe zu und Anni packte ihn am Arm. »Sag i doch, dass des komisch is.«

Die Tür war unverschlossen und sie gingen hinein. Niemand antwortete auf ihr Rufen und als sie in die Küche gingen, die ebenso leer war wie die dunkle Stube, war Anni kurz davor zu hyperventilieren. »Da is was passiert«, flüsterte sie. »Was Schlimmes!«

Die Küche war wie immer picobello aufgeräumt, die Uhr über der Theke tickte wie immer, doch das Backrohr war leer. Dafür stand ein Topf auf dem Herd. Ludwig hob den Deckel. »Weißwürst!«, rief er verwundert. »Keine Gans!«

»Was hat das zu bedeuten?« Anni flüsterte noch immer.

Joe war der erste, der den Zettel entdeckte. Er lag auf dem Tisch, halb unter den Weihnachtsstern geklemmt. Er zog ihn heraus und seine beiden Geschwister drängten sich um ihn, um gemeinsam zu lesen. Unverkennbar die Handschrift ihrer Mutter, eine gestochen scharfe Schulmädchenschrift, nur vier Zeilen, auf eigens dafür gezogenen, dünnen Bleistiftlinien und in ihrem typischen Telegrammstil:

Holen unsere Hochzeitsreise nach: Rio (Brasilien!). Sind heut Abend geflogen (billiger!). Kommen in zehn Tagen zurück. Passt's gut auf die Hilde auf (im Stall), braucht Auslauf. Weißwürst auf dem Herd (ned platzen lassen). Frohe Weihnachten! Mama und Papa in der Küche brannte Licht. Anni zwinkerte nervös. »Was ist da los? Warum brennt in der Stubn kein Licht?«

Joe zuckte mit den Schultern. »Mei. Ham's es halt noch nicht angemacht.«

»Aber es ist Weihnachten doch immer an, wenn wir kommen. Die Mama schaut da genau drauf, weil sie weiß, dass ich mich freu, wenn ich durch die Fenster den Christbaum sehen kann.« Anni knetete ihre Finger und beugte sich nach vorne. »Hoffentlich is nix passiert.«

»Ach geh, was soll denn passiert sein?«, ließ Ludwig von der Rückbank vernehmen. »Es wird alles wie immer sein. Bescherung, Stille Nacht singa, die Mama jubiliert und der Papa brummt falsch dazu und dann gibt's Gans mit Blaukraut und Kartoffelknödel.« Er gähnte. »Scheißlangweilig.«

»Ich mag Gans mit Blaukraut und Kartoffelknödl«, sagte Anni trotzig.

»Aber man könnt doch auch mal was anderes machen«, nörgelte Ludwig. Er hatte immer am Essen etwas auszusetzen. »Wenigstens a Raclette.«

»Aber die Mama und der Papa, die brauchen des halt«, wandte Anni ein. »Dass es so is wie immer.«

Joe parkte das Auto und sie stiegen aus. Niemand stand schon erwartungsvoll an der Tür wie sonst, der Hof blieb still und dunkel, bis auf das kleine Licht in der Küche.

»Des is scho a bissl komisch«, gab jetzt auch Joe zu und Anni packte ihn am Arm. »Sag i doch, dass des komisch is.«

Die Tür war unverschlossen und sie gingen hinein. Niemand antwortete auf ihr Rufen und als sie in die Küche gingen, die ebenso leer war wie die dunkle Stube, war Anni kurz davor zu hyperventilieren. »Da is was passiert«, flüsterte sie. »Was Schlimmes!«

WEISSER GLÜHWEIN MIT AMARETTO

Moses Wolff

Es sind ja nicht nur persönliche Gegenstände des Königs«, sagte Dr. Feintz und nahm einen Schluck von seinem Glühwein. »Ich sammle alles, was in irgendeinem Zusammenhang mit Ludwig II. steht.«

An jenem frühen Nachmittag war der Weihnachtsmarkt nur mäßig besucht, denn es war im Grunde gar nicht kalt und Feuerzangenbowle, Punsch und Glühwein wurde nur von wenigen Traditionalisten konsumiert, weil man das in der Vorweihnachtszeit halt nun einmal so macht. Dr. Feintz stand mit seinem Zufallsbekannten »Päda«, den er eine halbe Stunde zuvor hier kennengelernt hatte, an einem der runden Tische am Rindermarkt. Zufällig war das Thema über Christbaumschmuck auf Antiquitäten gekommen und Dr. Feintz freute sich, über sein Lieblingsthema referieren zu können: den letzten echten bayerischen Monarchen, König Ludwig II. In seinem Haus am Starnberger See hatte der überzeugte Junggeselle, aber trotzdem bekennende heterosexuelle Frauenbewunderer, ein Zimmer eingerichtet, das ausschließlich aus historischen Gegenständen bestand, die weitgehend dem Umfeld seiner Majestät entstammten. Neben Gemälden und Besteck, Kronleuchtern und Schmuck fanden sich dort goldene Stühle, Tassen, Decken und andere Sammlerstücke, die sich im Lauf der letzten 20 Jahre angehäuft hatten. Dr.

Feintz nannte diesen Raum das »Schwanenarchiv«.

»Wissen Sie«, führte er seine Rede fort, »das einzige, was mir noch fehlt, ist etwas, das Ludwig nachweislich in seinen eigenen Händen gehalten hat, ein persönlicher Artikel, etwa sein Kamm, sein Kopfkissen, eben etwas, das meine Sammlung aufwerten und ihr den letzten Farbtupfer geben würde.«

»Ich kenne einen Händler aus Norddeutschland«, sagte der Päda auf einmal überraschend. »Der kann eigentlich alles besorgen. Und erst kürzlich sprach er von einem geheimen Nachlass aus der Königsfamilie, an den er herankomme.« Dr. Feintz war auf der Stelle begeistert erregt.

»Wie bitte? Das ist ja großartig! Können Sie einen Kontakt zu dem Mann herstellen?«

»Sehr gern doch!«, sagte Päda und suchte in seinem Handy die Telefonnummer jenes Händlers heraus. »Er heißt Dominik Parabenter. Ich schreib Ihnen die Nummer auf.«

»Vielen Dank. Darf ich Sie dafür auf einen weiteren Glühwein mit Schuss einladen?«

»Da sag ich nicht nein!«

Zwei Stunden später war Dr. Feintz zurück in seinem Haus. Seine erste Handlung war das Hochfahren des Computers, um die Identität jenes Händlers zu überprüfen. Tatsache, Parabenter war Antiquitätenhändler, stammte aus Hannover und hatte sich auf Andenken berühmter Persönlichkeiten spezialisiert. Bingo! Dr. Feintz nahm sein Smartphone in die Hand und tippte die Handynummer von Dominik Parabenter hinein. Am anderen Ende meldete sich eine tiefe, leicht heisere Stimme mit ihrem Namen.

»Parabenter?«

»Ja, grüß Sie, Dr. Feintz aus Starnberg bei München. Ein

Bekannter hat mir Ihre Nummer gegeben. Ich bin auf der Suche nach Gegenständen im Zusammenhang mit König Ludwig II.«

»Da sind Sie bei mir richtig. Doch bevor wir weitersprechen: Ihnen ist schon klar, dass diese Stücke ihren Preis haben?«

»Selbstredend!«

»Sie sind liquide?«

»Absolut.«

»Gut. Wissen Sie, ich könnte im Augenblick zufällig an ein besonders interessantes Kleinod kommen, das sich derzeit im Großraum München, also ganz in Ihrer Nähe befindet. Sie sind ein wahrhaftiger Anhänger des Königs?«

»Ja, mit Leib und Seele.«

»Das ist hervorragend. Ich würde diese Rarität nämlich nicht jedem anbieten. Aber einem wirklichen Gefolgsmann bin ich durchaus gern behilflich. Nun möchte ich Sie aber nicht länger auf die Folter spannen: es handelt sich um das zwischen 1869 und 1885 handschriftlich verfasste erste Tagebuch des großen Regenten. Im Original.«

Dr. Feintz spürte eine akute Mundtrockenheit, die ihn immer ereilte, wenn er emotional kurz vor dem Eskalieren war. Die Tagebücher des Königs galten bekanntlich seit dem Zweiten Weltkrieg als verschollen. Die Texte waren weitgehend überliefert und erhältlich, aber das Original zu besitzen, wäre wirklich die Erfüllung sämtlicher von Dr. Feintz gehegter Träume. Doch dann stockte er, da ihm die gefälschten Hitlertagebücher einfielen, die vor vielen Jahren in einer großen Illustrierten abgedruckt worden waren, und hakte nach.

»Wie kann ich wissen, dass dieses Tagebuch tatsächlich echt ist und keine Fälschung?«

»Das lässt sich leicht anhand von Fingerabdrücken des

Königs, die sich auf Münzen und anderen Gegenständen in Neuschwanstein und anderen Orten gefunden wurden und von zehn unabhängigen Experten als die des Königs bestätigt wurden, nachweisen. Mit dem Tagebuch werden diese Dokumente selbstverständlich mitgeliefert.«

»Das wäre ja eine Sensation!«

»So kann man es ausdrücken.«

»Aber die Tagebücher gelten als verschollen!«

»So sagt man«, entgegnete Dominik Parabenter und kicherte leise.

»Und von welcher Summe sprechen wir?«

»Das kann ich nicht mit Bestimmtheit sagen.«

»Aber eine Hausnummer können Sie mir nennen, oder?«

»Eine Viertelmillion wird dafür schon über den Tisch wandern müssen.«

»Oh, das ist freilich eine Menge Holz.«

»Übersteigt es Ihre Möglichkeiten?«

»Nein.«

»Dann dürfte unserem kleinen Geschäft nichts im Wege stehen.«

Rasch war alles organisiert, vereinbart und der Ordnung halber noch mal per E-Mail festgehalten. Parabenter würde zwei Tage nach besagtem Telefonat nach München reisen und in die am Rindermarkt direkt oberhalb des Weihnachtsmarktes befindliche Stadtwohnung von Dr. Feintz ziehen, um von dort aus alle Vorbereitungen für den Handel zu tätigen. Die Praxis von Dr. Feintz hatte ohnehin gerade Winterferien, so konnte dieser gemütlich in sein Apartment fahren, um alles für Parabenters Aufenthalt vorzubereiten. Er füllte den Kühlschrank auf, bezog das Gästebett frisch, überprüfte Virenfreiheit und Internetpräsenz des Computers und lüftete gründlich durch. Danach ging er auf den Weihnachtsmarkt und kaufte sich einen weißen Glühwein mit Amaretto, sein diesjähriges Lieblingsgetränk. Im Anschluss spazierte er zur Hauptstelle der Stadtsparkasse in der Münchner Altstadt, begrüßte seinen persönlichen Sachbearbeiter Herrn Gschwendner und ließ sich von ihm zu dem Schließfach begleiten, das er seit Langem angemietet hatte. Aus gutem Grund: Dr. Feintz hatte in den vergangenen Jahren mehrmals kurzfristige OP-Termine an schwerreiche Bekannte vermittelt, die dann zu einer Organverpflanzung in die Ukraine oder nach Bulgarien gefahren waren. Die Spender waren stets einwandfreie junge Männer und Frauen, die ihre Niere oder andere Organe gerne gegen eine großzügige Zuwendung an die gutsituierten Bedürftigen weitergaben. Für seine Vermittlertätigkeit erhielt Dr. Feintz immer wieder ansehnliche Summen, die er – unbemerkt von Finanzamt und sonstigen neugierigen natürlichen oder juristischen Personen – in jenes Schließfach brachte. Und jetzt gab es einen sehr sinnvollen Verwendungszweck. Also entnahm er vorsichtshalber 400 000 Euro. Aus Erfahrung wusste er, dass die zuerst genannten Summen sich bei dieser Art von Transaktionen unter Umständen um einiges erhöhten.

Zwei Tage später war Parabenter wie verabredet in München mit seinem metallic-blauen Nissan Micra angekommen und hatte den Wagen in der Tiefgarage im Untergeschoß des Hauses, in dem die Stadtwohnung von Dr. Feintz war, abgestellt. Sie hatten sich zuvor telefonisch geeinigt, dass Parabenter möglichst nicht in Erscheinung treten solle, damit die Leute nicht hinter dem Rücken des Doktors redeten, wer denn das sei und so weiter. Er würde die gesamte Zeit in der Wohnung verbringen und sich um die Beschaffung des Tagebuchs kümmern. Dr. Feintz nahm seinen Gast unten in der Tiefgarage in Empfang und überreichte ihm die Zweitschlüssel für Haus-, Garagen- und Wohnungsschlösser. Sie fuhren mit dem Lift hinauf.

»Sie sind derzeit der einzige Bewohner hier im Haus. Bis vor einem halben Jahr gab es noch ein dubioses Callcenter im Parterre, eine Arztpraxis im ersten und ein Ajurveda-Studio im zweiten Stock, aber die sind inzwischen ausgezogen. Und die Wohnung im obersten Stock wurde gerade renoviert, neue Mieter gibt es noch nicht, sie haben also quasi sturmfrei«, sagte Dr. Feintz freundlich. Der Aufzug stoppte im dritten Stock, sie stiegen aus und Dr. Feintz sperrte die Wohnungstür auf. Es roch nach Milizid, dem Lieblings-Putzmittel des Doktors.

»Sie sind Arzt, oder?«, fragte Parabenter unverblümt.

»Ja, das ist richtig.«

»Wissen Sie, es gibt da eine Sache, die wir besprechen sollten.«

Dr. Feintz schluckte und befürchtete, das Geschäft könnte möglicherweise nicht zustande kommen. Sein Herz klopfte leicht besorgt.

»Oh, aber hoffentlich nichts, was das Tagebuch betrifft?«

»Nein, etwas anderes«, sagte Parabenter und richtete den Blick auf eine im Wohnzimmer stehende etwa 70 cm hohe Venus-Statue. »Ich muss Ihnen gestehen, dass ich rauschgiftsüchtig bin. Und zwar nach einer Mischung aus Morphium und Flunitrazepam, bevorzugt im Mischverhältnis 60 zu 40. Die beste Wirkung erzielt es, wenn man es intramuskulär injiziert. Vielleicht könnten Sie mir die Freude bereiten, mir diese Mischung zu organisieren und einmal täglich meine Sucht befriedigen?«

Dr. Feintz war einen Moment etwas verwirrt von dieser unvermuteten Offenbarung, überlegte kurz und willigte schließlich ein. Das Narkotikum war rasch zu beschaffen und er konnte die Bücher so manipulieren, dass er dessen Abgabe auf mehrere Schmerzpatienten verteilte. Nur einen Punkt wollte er geklärt wissen.

»Sie sind aber hoffentlich trotz der Droge in der Lage, Ihre Aufgaben bezüglich des Tagebuches zu meiner Zufriedenheit zu erfüllen?«

»Selbstverständlich. Diese Mischung wirkt auf mich wie Medizin. Ich arbeite unter Einfluss jener Substanz doppelt so gut wie ohne.«

»Gut, machen wir das so. Ist es Ihnen recht, wenn ich täglich um 18 Uhr vorbeikomme?«

»Ja, das passt gut. Eine Dosis pro Tag ist völlig ausreichend.«

»Wunderbar. Darf ich Sie zur Feier des Tages auf eine Tasse weißen Glühwein mit Amaretto einladen?«

»Das hört sich gut an. Warum nicht?«

»Gut. Ich sause kurz hinunter und hole zwei Tassen. Bis gleich!«

Von diesem Tag an kam Dr. Feintz stets pünktlich um 18 Uhr in die Wohnung, grundsätzlich mit zwei Tassen dampfendem Glühwein, die er etwa eine Stunde später geleert zurück an den Stand brachte. Es hatte mittlerweile etwas geschneit und der Weihnachtsmarkt sah feierlich und schön aus. Der Doktor verabreichte seinem Geschäftspartner wie verabredet die gewünschten Opiate und ließ sich von Parabenters Fortschritten erzählen. Die ersehnte Transaktion rückte näher und näher. Laut den Berichten Parabenters hatte der zwischengeschaltete Vermittler nun einen direkten Kontakt mit dem Besitzer des literarischen Juwels hergestellt. Es dürfte sich nur noch um wenige Tage handeln. Ab und zu führte Parabenter in Anwesenheit des Arztes auch Telefonate mit Zwischenhändlern, bei denen er »auf laut« stellte. Er zeigte Dr. Feintz auch manchmal dokumentierend den E-Mailverkehr vom Vortag. Hierbei fiel dem Arzt auf, dass sämtliche ausgehenden Nachrichten gegen 19 Uhr losgeschickt worden waren. Dies liege an der Stimulanz durch das Rauschgift, meinte Parabenter. Er sei eben kurz nach dem erfolgten »Kick« besonders gut in Fahrt. Inzwischen waren zehn Tage vergangen. Die Sache war langwieriger als erwartet, aber es schien peu à peu voranzugehen. Manchmal erschien Parabenter dem Arzt etwas neurotisch und fahrig, aber das legte sich in der Regel nach Verabreichung der Spritze. Mitunter fragte Parabenter längst geklärte Dinge ab, etwa ob das Geld auch tatsächlich sauber sei und ohne Erregung von Verdacht beschafft werden könne, ob es auch tatsächlich ausschließlich Fünfhunderteuroscheine wären – denn darauf lege der Verkäufer großen Wert – und ob Dr. Feintz sich der Verantwortung nach Abschluss dieses historischen Kaufs bewusst sei, immerhin handle es sich um ein Unikat von unermesslichem Wert. Dr. Feintz beruhigte seinen Geschäftspartner und so schien alles seinen geregelten Gang zu gehen.

Einmal entdeckte der Arzt seltsame Striemen an den Händen des anderen und sprach ihn darauf an.

»Ach, das ist so eine Art Tick von mir. Mein Hausarzt nennt es *Autoaggression*. Ich empfinde es bei leichten Entzugserscheinungen angenehm, mir dünne Schnüre um die Gelenke zu binden, die dann ins Fleisch einschneiden.«

»Soll ich Ihnen eine Salbe auftragen?«

»Nein, machen Sie sich keine Umstände.«

Schließlich war es soweit. Parabenter kündigte für den nächsten Tag, den 22. Dezember, die Übergabe in der

Wohnung um 19 Uhr an. Der Besitzer würde persönlich erscheinen und den begehrten Folianten im Austausch mit der Summe von mittlerweile 320 000 Euro überreichen. Parabenter verlangte für seine Mühen lediglich 5000 Euro, was Dr. Feintz absolut fair fand. Tags darauf kam der Herr Doktor also wie verabredet mit einem Aktenkoffer voller Scheine an. Außerdem gab es natürlich den obligatorischen Glühwein. Vor Verabreichung der Spritze sagte Parabenter, er wolle kurz allein auf den Balkon gehen und frische Luft schnappen. Er sei selbst etwas aufgeregt. Dr. Feintz blieb auf der Couch sitzen und nippte genüsslich an seinem weißen Glühwein mit Amaretto.

Doch kaum war Parabenter nach draußen getreten, fing er an, mit den Armen herumzufuchteln und zu plärren: »Ich will hier raus! Lassen Sie mich endlich gehen! Ich halte das nicht mehr aus! So kann man doch nicht mit Menschen umgehen!!! Hilfe!«

Der Arzt erschrak fürchterlich, sprang auf, eilte auf den Balkon und versuchte den Tobenden ins Innere der Wohnung zu zerren, was ihm zunächst nicht gelang. Die Menschen auf dem Weihnachtsmarkt hatten den Tumult bemerkt und blickten verwundert nach oben. Parabenter riss sich los. »Nein! Hilfe!«, schrie er. Endlich gelang es Dr. Feintz mit viel Mühe, den sich mit Händen und Füßen wehrenden Mann hineinzuziehen. Kaum waren sie im Zimmer und damit außer Sichtweite, griff Parabenter die große Venus-Statue und schlug mehrere Male auf den Arzt ein, bis dieser schließlich tot zusammenbrach. Sofort nahm Parabenter das Geld und fuhr mit dem Aufzug in die Parkgarage. Er deponierte den Koffer in einem Geheimfach unter dem Rücksitz, das er sich vor einiger Zeit hatte einbauen lassen. Dann fuhr er wieder mit dem Aufzug hinauf und verständigte die Polizei.

»Er wollte um jeden Preis dieses Tagebuch«, gab Parabenter dem jungen, blonden Polizeiobermeister Hansjörg Ahrens zu Protokoll.

»War das nur ein Wahn oder hat es tatsächlich einmal solche Tagebücher gegeben?«, fragte der Beamte.

»Der König war ein fleißiger Tagebuchschreiber. Doch die Originale sind zu Hitlers Zeiten verschwunden. Ich habe ja versucht herauszufinden, ob es irgendeine Möglichkeit gibt, dranzukommen, aber es hat sich rasch als utopisch herausgestellt. Man kann ja anhand meines E-Mailverkehrs sehen, dass ich bereits nach wenigen Tagen gescheitert bin. Aber Herrn Dr. Feintz hat das nicht überzeugt.«

»Hat er Sie in die Wohnung eingesperrt?«

»Ja. Er hat mich hier seit fast zwei Wochen unter Medikamente gesetzt und nicht aus dem Haus gelassen. Ich wurde zusätzlich noch ans Bett fixiert. Schauen Sie mal, ich habe an Händen und Füßen entsetzliche Einschnittwunden von den Schnüren.«

Der Polizist betrachtete mitfühlend die Wunden und tippte auch diesen Umstand ins Protokoll.

»Täglich gegen 18 Uhr kam er vorbei. Bei Telefonaten oder dem E-Mailverkehr mit meinen Partnern war er immer anwesend, damit ich keine versteckten Botschaften vermitteln konnte. Er war geradezu besessen, manisch, krank. Er dachte, er könne mich durch die Drogen weich bekommen und drohte, mich weiter zu vergiften und zu schwächen, bis er bekomme, was er wolle. Aber ich sagte ihm schon nach wenigen Tagen, dass dieses Unternehmen wohl aussichtslos sei. Er glaubte mir nicht und wollte es erzwingen. Ich war so verzweifelt. Und noch dazu ständig dieses fürchterliche Gift! Als er mich heute ausnahmsweise auf den Balkon ließ, sah ich die einzige Chance, um Hilfe zu rufen, damit Nachbarn mich befreien. Doch er zerrte mich zurück in die Wohnung und wollte mir gewaltsam wieder eine Spritze verabreichen. Ich nahm den erstbesten Gegenstand, eine Statue, und schlug auf ihn ein. Ich war wie von Sinnen.«

»Das ist ohne Zweifel Notwehr und es deckt sich auch mit den vorläufigen Zeugenaussagen. Da wird kein Richter anders entscheiden können. Wir werden unter Umständen noch mal auf Sie zukommen, aber von unserer Seite wäre es das für's Erste. Und das zwei Tage vor Heiligabend. Es gibt schon sonderbare Menschen«, sagte Polizeiobermeister Ahrens. »Was machen Sie jetzt im Anschluss an die Vernehmung, Herr Parabenter?«

»Ich werde zurück nach Hannover fahren und erstmal meinen Hausarzt konsultieren, damit er eine Entziehung einleitet.«

»Da haben Sie recht. Also, gute Fahrt und fröhliche Weihnachten.«

»Dankeschön. Und auch Ihnen fröhliche Weihnachten!«

DIE AUTOREN

MARTIN ARZ, geboren 1963 in Würzburg, schrieb als freier Autor für zahlreiche Magazine und arbeitete als PR-Berater, bevor er sich ganz der Malerei und dem Schreiben widmete. Seine Gemälde waren bereits auf vielen Ausstellungen im In- und Ausland zu sehen. »Geldsack« ist der sechste Kriminalroman mit Max Pfeffer aus der Feder von Martin Arz. Kriminalrat Pfeffer ermittelte außerdem im Frühjahr 2010 in Deutschlands erstem Twitter-Krimi »Der Tote vom Glockenbach«, der über Twitter publiziert wurde. Martin Arz veröffentlichte zudem mehrere Sachbücher über die Stadt, in der er lebt und arbeitet: München. http://www.martin-arz.de www.hirschkaefer-verlag.de

MAX BRONSKI (d.i. Franz-Maria Sonner) wurde 1953 in Tutzing geboren und ist Autor von Kriminalromanen. Seine legendäre Reihe um den Münchner Antiquitätenhändler Gossec ist schon lange Kult. Zuletzt erschien von Bronski »Der Tod bin ich« (2013). Sein neuer Roman »Mad Dog Boogie« wird im Januar 2016 veröffentlicht. Der Autor lebt in München. http://www.maxbronski.de

ANGELA ESSER wurde in Krefeld geboren, studierte Theaterwissenschaft und war am Theater tätig. Seit vielen Jahren gibt sie mörderische Kochkurse, bei denen die Ess- und Trinkvorlieben von Privatdetektiven und Kommissaren aufgedeckt werden. Außerdem ist sie Organisatorin von Krimifestivals, Initiatorin von Bloody Cover, Moderatorin, Herausgeberin von Krimianthologien und

Autorin der Menüthek – ein perfekter Themenabend. Als Sprecherin vertrat Angela Eßer viele Jahre das Syndikat, die Autorengruppe deutschsprachiger Kriminalliteratur.
www.angelaesser.de www.krimimenuethek.de

NICOLA FÖRG, die gebürtige Oberallgäuerin hat in München Geografie und Germanistik studiert und lebt mit Familie sowie Ponys und vielen anderen Tieren auf ihrem Anwesen in Prem. Als Krimiautorin hat sie zahlreiche erfolgreiche Romane und Geschichten in Anthologien veröffentlicht. Besonders bekannt sind die Reihen um Kult-Kommissar Weinzirl und um das Garmischer Kommissarinnen-Duo Irmi Mangold und Kathi Reindl. 2015 erschien »Glück ist nichts für Feiglinge« (Piper).
www.ponyhof-prem.de

WERNER GERL, lebt mit seiner Frau in München. Schrieb für diverse Satire-Magazine und ist seit 1999 als Kabarettist unterwegs. Seine kriminelle Seite lebt er mit Krimikomödien (»Der Schweinskopfmörder«) sowie den Reihen um die Münchner Kommissarin Tischler (u. a. »Champagner für den Mörder«) und um Marc Bourée aus (»Die Spur des Terroristen«). Ferner Kurzkrimis in verschiedenen Anthologien (z. B. »Finsterböses Bayern«, Allitera).
www.wernergerl.de

GABRIELE KIESL lebt als freie Autorin in der Oberpfalz. Sie schreibt Bücher, Drehbücher und Theaterstücke für Kinder und Erwachsene. Neben ihrer freiberuflichen Tätigkeit ist sie Chefredakteurin eines Magazins für gesunde Lebensart und Inhaberin des Literaturcafés »Tintenfassl« in Cham.
www.kiesl-gabriele.de

ROLAND KRAUSE wurde in Lindau geboren. Nach einigen Jahren in Nürnberg lebt und arbeitet er heute in München. Zahlreiche seiner Geschichten wurden in Anthologien veröffentlicht. Im Piper Verlag erschienen bisher drei Kriminalromane um den skurrilen Münchner Hauptkommissar Sandner und 2015 im BALAENA Verlag eine Sammlung seiner besten Erzählungen (»Hurenballade – Stories vom ausgefransten Leben«).
krimikrause.wordpress.com

INY LORENTZ ist das gemeinsame Pseudonym von Iny Klocke und Elmar Wohlrath. Nach etlichen Kurzgeschichten, einem Kinderbuch und mehreren Begleitbüchern zu Fernsehserien gelang ihnen 2003 mit »Die Kastratin« der Durchbruch als Autoren historischer Romane. Ihr zweiter Roman »Die Wanderhure« ließ die Millionengrenze weit hinter sich, errang als Hörbuch eine Goldene Schallplatte und wurde verfilmt. Alle Iny-Lorentz-Romane bis auf den ersten erreichten Plätze auf den Bestsellerlisten. Mit »Die Kastellanin« (als »Die Rache der Wanderhure«), »Das Vermächtnis der Wanderhure«, »Die Pilgerin« und »Das goldene Ufer« wurden vier weitere Romane im Auftrag von Sat1 bzw. dem ZDF ebenfalls filmisch umgesetzt.
www.inys-und-elmars-romane.de

BEATRIX MANNEL studierte Theater- und Literaturwissenschaften und arbeitete dann als Redakteurin beim Fernsehen. Heute ist Beatrix Mannel freie Autorin und schreibt spannende Romane für Jugendliche und Erwachsene. Außerdem unterrichtet sie kreatives Schreiben an der von ihr mitgegründeten »Münchner Schreibakademie«.
www.beatrix-mannel.de

IRENE RODRIAN ist die erste deutsche Krimiautorin. 1967 bekam sie für ihren Krimi »Tod in St. Pauli« den Edgar-Wallace-Preis. Seitdem hat sie über zwanzig weitere Kriminalromane geschrieben, zuletzt »Ein letztes Lächeln« aus einer Reihe mit fünf Privatdetektivinnen in Barcelona. Außerdem ist sie Verfasserin zahlreicher Kinderbücher und Drehbücher. 2007 wurde sie mit dem Ehren-Glauser ausgezeichnet. Sie lebt in München.
www.irenerodrian.de

VERONIKA RUSCH ist Jahrgang 1968. Sie arbeitete als Anwältin in Verona sowie in einer internationalen Anwaltskanzlei in München, bevor sie sich selbstständig machte. Heute lebt sie als Schriftstellerin mit ihrer Familie in ihrem Heimatort in Oberbayern. Neben Krimis und anderen Romanen schreibt sie Theaterstücke sowie Dinner-Krimis, die sich zum nachhaltigen »Publikumsrenner« (Münchner Merkur) entwickelt haben. Unter dem Pseudonym »Franziska Weidinger« erschienen aktuell bisher zwei bayerisch-schräge Romane, in denen es um den ganz normalen Wahnsinn des Lebens auf einem Dorf, um Freundschaft und Poesie und immer auch ein bisschen um die Liebe geht. Mit den Geschichten um die küheschubsende, motorradfahrende Metzgerin Burgi Schweinsteiger reist sie überdies kreuz und quer durch Bayern, um in literarisch-musikalischen Wirtshausabenden der bayerischen Wirtshauskultur ihre Ehre zu erweisen.
www.veronika-rusch.de

MOSES WOLFF ist ein bayrischer Schauspieler, Schriftsteller und Komiker. Er spielt bis zum heutigen Tag häufig in Theater-, Fernseh- und Kinoproduktionen mit, erfand diverse Bühnencharaktäre, die er selbst spielt (u. a. Moses

Shanti, und mit Richard Westermaier den Wildbachtoni), gründete diverse Comedygruppen und Lesebühnen, verwirklicht laufend Filmprojekte, verfasste einige Romane, Sach- und Drehbücher, arbeitet als freier Mitarbeiter für das Satiremagazin Titanic, die Oskar Maria Graf-Gesellschaft, das Magazin MUH und die Süddeutsche Zeitung. Moses Wolff ist Preisträger des Schwabinger Kunstpreises 2015.

www.moses-wolff.de

DIE ILLUSTRATORIN

LENA ERTL, geboren 1993 in Mainburg, studiert Kommunikations-Design an der Fachhochschule Augsburg.